KB026767

쓸쓸한 곳에는 시인이 있다

시 인 의 풍 경

쓸쓸한 곳에는 시인이 있다

이 기 철 지 음

문학동네

| 책머리에 |

이 책을 읽는 분에게

사랑하는 사람과 함께 가겠어요
어떤 희생이 따를지 따져보지 않겠어요
그것이 잘한 일인지 생각하지 않겠어요
그가 나를 사랑하는지 묻지 않겠어요
사랑하는 사람과 함께 가겠어요

— 베르톨트 브레히트, 「사랑하는 사람과 함께 가겠어요」

이 책을 읽는 분이여, 위의 시를 이렇게 바꾸어봅시다.

시와 함께 가겠어요
어떤 어려움이 있을지 따지지 않겠어요
그것이 잘한 일인지 생각하지 않겠어요
시가 나에게 도움이 되느냐고 묻지 않겠어요
시와 함께 가겠어요

이렇게 비슷한 내용을 비슷한 형태로 바꾸어 표현하는 것을 패러디라고 합니다만, 나는 지금 패러디를 하려고 위의 시를 예로 든 것은 아닙니다. 시라는 것은 다만 그러한 생각, 시가 나의 이름을 얻는 데 도움이 되느냐 안 되느냐 하는 생각 혹은 시가 내 취직이나 출세에 도움이 되느냐 안 되느냐 하는 생각과는 별개의 것이라는 말을 하고자 위 시를 예로 든 것입니다. 세속적으로 말한다면 시가 취직이나 출세에 도움이 되는 것을 부인할 수는 없습니다. 우리 주위에 좋은 시를 써서 출세한 시인도 다수 있고, 좋은 시를 써서 높은 직위나 직업을 얻은 사람도 많이 있습니다. 그러나 그런 분들이 모두 처음부터 취직이나 출세를 위해 시를 쓴 것은 아닙니다. 그분들에게 왜 시를 쓰느냐고 물으면 십중팔구 '시가 좋아서' 라고 대답합니다. 그렇습니다. 그분들은 누구의 권유를 받아서 시를 쓴 것도 아니고 누가 시험 공부하듯 시를 쓰라고 윽박질러서 시를 쓴 것도 아닙니다. 그저 스스로가 좋아서, 그것 아니면 제 마음속에 일어나는 갖가지 생각들이나 사연들을 표현할 길이 없어서 시를 쓴 것입니다. 자신의 마음속에서 일어나고 사라지는 기쁨과 슬픔, 즐거움과 괴로움, 사랑하고 이별하는 아픈 마음들을 시가 아니면 담을 만한 그릇이 없어서 그들은 여러 마음을 담은 시를 쓴 것입니다.

시인들은 때로 자신이 쓴 시에 도취하기도 합니다. 자신이 쓴 시에 스스로가 반할 때가 더러 있습니다. 마치 희랍 신화에 나오는 수선화 이야기처럼 말입니다. 그 이야기는 이렇습니다. 한 아름다운 소년이 있었습니다. 그 미소년은 아주 어릴 적, 어머니에게서 거역하면 안 되는 명령을 받았습니다. '너는 일생 동안 어떤 일이 있더라도 거울을 보아서는 안 된다' 고 말입니다. 소년은 자라면서 한 번도 어머니가 한 말을 잊은 적이 없었지요. 그런데 어느 날 소년이 못가에 갔다가 세수를 하려고 못물을 들여다보는 순간 그 못물에 비친 얼굴에 소년은 그만 반해버렸습니다. 소년은 못물에 비친 그 얼굴이 너무 아름다워 그 자리에서 일어설 수가 없었습니다. 못물에 비친 그 얼굴이 제 자신의 얼굴인 줄 까맣게 모르고 말입니다. 한 번도 거울을 보지 않았으니 제 얼굴을 알 리가 없었던 것이지요. 그러다가 소년은 그 자리에서 죽어 한 송이 꽃으로 피어났다지요. 그 꽃이 수선화라 하지 않습니까? 수선화-Narcissus, 그리하여 세상 사람들은 자아에 도취하는 일을 나르시시즘이라고 부릅니다.

이처럼 시라는 것은 지나온 어제, 지나온 시간의 자신을 돌아보는 관찰자가 되기도 하고 다가올 내일, 다가올 시간을 예견하는 견자(見者)가 되기도 합니다. 시와 시인은 가끔은 예리하고 따가운 채찍의 언어로 세상과 사람을 경고하거나 훈계하기도 하고 때로는 나라와 세계에 대한 애정 어린 비판을 할 때도 있습니다. 그러나 시에는 무엇보다 세상과 사람을 끌어안는 따뜻한 애정과 사랑이 넘쳐흐릅니다. 그러기에 우리가 시를 읽으면서 사랑을 느끼기도 하고 자신의 잘못을 반성하기도 합니다. 이같이 시에는 여러 가지 기능과 효용이 함께합니다. 슬픔이 구름처럼 일어날 때 아름답고 고요한 시 한 줄을 읽으면 자신도 모르게 마음이 가라앉는 것을 느낄 수가 있고 분노가 하늘을 찌를 때 따뜻하고 감성적인 시 한 줄을 읽으면 자신도 모르게 분노가 개울물 소리처럼 노래로 바뀌는 것을 경험할 수가 있습니다.

무엇보다 이 세상 쓸쓸한 곳에는, 거기가 어디든 시인이 있습니다. 시인이 없다면 이 세상이, 우리의 삶이 얼마나 삭막하겠습니까? 아름다움을 아름답다고 말해주는 사람이 없는 세상, 기쁨을 기쁨이라고 말해주는 사람이 없는 세상, 더욱이 견딜 수 없는 슬픔으로 밤잠을 이루지 못하는 사람에게 어머니같이, 애인같이 따뜻한 마음의 말 한마디를 그의 가슴에 수놓아줄 사람이 없는 세상의 삶이란 얼마나 고단하고 적막하겠습니까. 사십 년을 시를 써오면서 나는 이같이 세상의 슬픔을 자기 슬픔처럼 끌어안고 세상의 아픔을 자기 아픔으로 보듬는 시인을 많이 보아왔습니다. 그들은 한결같이 미덥고 훈훈한 마음을 지닌 사람들이었습니다. 나는 그분들을 멀리서 또는 가까이서 만나거나 이야기하고 그분들의 마음의 표백인 시를 읽고 외우며 지내왔습니다. 그리고 나는 그렇게 보낸 세월과 시간을 아름답고 행복한 시간이었다고 회억(回憶)합니다. 그분들의 삶이 수놓인 시, 그분들의 정신의 정화인 시의 언어를 읽을 수 없었다면 나는 지금보다 훨씬 메마른 삶을 살지 않았을까 여겨집니다. 그러다가 나는 생각했습니다. 내가 만나고 이야기했던 시인들의 이야기를, 내가 읽거나 들은 시인들의 나지막한 음성을 혹은 그분들의 아름답고 즐거운, 슬프고 아픈 이야기들을 나 혼자 기억하고 있을 것이 아니라 내가 알거나 혹은 내가 모르는 독자 여러분께 산문의 형식을 빌려 이같이라도 전하지 않으면 안 되겠다는 생각말입니다. 그것은 내 조그만 충정에서 우러나온 일일 뿐, 내 문학적 업적이나 명성과는 아무런 관련이 없습니다.

독자 여러분, 이 세상 쓸쓸한 곳에는 시인이 있습니다. 그 시를 쓴 시인이 이미 이 세상 사람이 아니라 하더라도 그 시를 읽는다는 것은 그 시인과 말을 하고 그 시인의 말을 듣는 것입니다. 그랬을 때 그 시인은 다시 우리의 마음속에 살아나는 것입니다. 작고한 시인의 경우도 그렇지만 아직 살아 있는 시인의 경우도 마찬가지입니다. 그 시가 아무리 좋다고 해도 그 시인을 우리가 다 만날 수는 없지 않습니까. 그러나 우리는 시를 통해서 그 시인과 만나는 것입니다.

나는 이 책에서 내가 만난 시인의 이야기만을 썼습니다. 내가 만나지 못한 시인에 대해서는 쓰지 않았습니다. 풍문으로만 듣고 아는 시인의 이야기를 나는 실증(實證)도 없이 쓰고 싶지는 않았습니다. 그러기에 이 책의 시인 이야기는 내 상상만으로 씌어진 곳은 한 군데도 없습니다. 더욱이 허구로 씌어진 곳은 어디에도 없습니다. 가급적이면 쉽고 친절하고 재미있게 써보려고 했습니다만 가끔은 그 시의 세계가 현학적이고 이론적인 시인도 있었기에 그런 분에 대해서는 약간의 사변적인 이야기들도 곁들였습니다.

모쪼록 이 책 한 권이 문학을 하고 싶어하고 시를 쓰고 싶어하는 젊은 문학 지망생들에게 조각구름만한 위안이 되거나 노트 한 장만한 참고자료라도 되었으면 더 바랄 것이 없겠습니다. 문학은 그리고 시는 우리가 이 세상을 뜨고 없을 천년 뒤 혹은 만년 뒤에도 우리 후대의 가슴에 한 방울 아침이슬로 맺힐 것입니다. 나는 그렇다는 사실을 믿습니다. 여러분의 가슴에 이 책이 이슬비 뒤 하늘에 걸리는 무지개 같은 것이 될 수 있었으면 좋겠습니다.

2005년 초여름

여향예원에서 이기철 씀

차례

반(反)시인의 시인_유치환

유치환을 반시인(反詩人)이라 부른 사람은 김춘수다. 김춘수는 왜 유치환을 반시인이라 불렀을까? 그것은 유치환 시인이 남긴 다음과 같은 말 때문이다.

> 나는 시인이 아닙니다. 만약 나를 시인으로 친다 하면 그것은 분류학자의 독단과 취미에 맡길 수밖에 없는 것이요, 어찌 사슴이 초식동물이 되려고 애써 풀잎을 씹고 있겠습니까?
>
> —『생명의 서』 서문

유치환의 이 말에 대해 김춘수는 그의 저서 『시론』에서, 유치환의 이름을 빌려 이렇게 토를 단다.

씨(청마)의 이 말은 톨스토이의 『예술이란 무엇인가?』에 나타난 정신과 같은 높이의 것이라고 나는 해석하고 싶다. 톨스토이는 예술을 빙자한 시간과 재물의 낭비를 미워한 것인데, 씨의 이 말도 예술을 빙자한 정신의 낭비와 사치를 미워한 것이라고 나는 생각한다. 그러나 씨가 이런 정신에 격해 있을 적에 씨의 시어들은 서리 맞은 꽃잎처럼이나 딱딱해지고, 품과 스타일의 예술미를 잃게 되는 것이다. 그러니까 시인이 언어를 떠날 수 없는 이상은 예술을 거부할 권리는 없다.

유치환의 문단활동은 문예사전에 기록된 것보다 실제로는 몇 년이 앞선다. 유치환의 등단에 대해 기록한 책들, 예를 들면 『한국문예사전』은 1934년 『동아일보』에 시 「봉숭아」를 발표하면서라고 기록하고 있고 『한국시 대사전』은 1931년 『문예월간』에 시 「정적」을 발표하면서라고 기록하고 있다. 유치환은 1928년 가형(家兄) 유치진이 주관하던 동인지 『토성』에 시를 발표하였거나 같은 연대에 고향에서 회람잡지 『소제부』를 만들어 여기에 시를 발표했다고도 하나 지금으로서는 확인되지 않는다. 그런 것으로 보아 유치환의 실제 작품활동은 1928년 『조선시단』에 발표한 시 「봄비」로 보아도 무리가 없을 듯하다.

봄비 소리를 들으며 깨어나는
식물 같은 기분이 든다
자는 가운데,
봄비에
무럭무럭 커보렵니다

—「봄비」 전문

유치환 시인은 그의 시 「바위」의 한 구절 "둘로 쪼개져도 소리하지 않는 바위"와도 같은 묵묵한 시인이다. 그를 흔히 '의지의 시인'이라 부르는 것은 그의 시에 나타난 의지의 표상 때문이기도 하지만 다른 면에서는 그의 외모나 말씨에 기인하는 듯도 하다. 그를 보면 누구라도 쉽게 말을 붙이기 어려운 무거움을 지닌, 그야말로 바위와 같은 시인이다. 나는 대학 이학년 때 신라문화제 한글 시 백일장에 가서 유치환 시인을 처음 만났다. 그때는 시인이 경주여중 교장을 하고 있을 때였고 그런 연유로 경주에서 열리는 신라문화제 집행위원장을 맡고 있었다. 백일장은 경주 시내에서 서쪽 산에 있는 김유신 묘소 부근 송림에서 열렸는데 시인은 참가자들에게 의례적인 짤막한 축사를 하고는 혼자 솔숲 속으로 천천히 걸어가고 있었다. 시인의 첫인상은 캡을 쓰고 굵은 테 안경을 낀, 웃음 없는 뭉툭한 느낌이었고 축사 역시 너무도 짧고 불친절한 것이었다. 그러나 솔숲 속으로 천천히 발을 옮기는 그 모습은 내 망막에 긴 그림자를 남기고 있었다. 그런 인상 때문에 나는 돌아와서 몇 번을 시인을 떠올리면서 그의 시 「바위」와 「생명의 서」 「광야에 와서」 등을 다시 읽었다.

흥안령 가까운 북변의
이 광막한 벌판 끝에 와서
죽어도 뉘우치지 않으려는 마음 위에
오늘은 이레째 암수(暗愁)의 비 내리고
내 망나니에 본받아
화툿장을 뒤치고

담배를 눌러 꺼도
마음은 속으로 끝없이 울리노니
아아, 이는 다시 나를 과실함이러뇨
이미 온갖을 저버리고
사람도 나도 접어주지 않으려는 이 자학의 길에
내 열 번 패망의 인생을 버려도 좋으련만
아아 이 회오의 앓임을 어디메 호읍(號泣)할 곳 없어
말없이 자리를 일어나 문을 열고 서면
나의 탈주할 사념의 하늘도 보이지 않고
정거장도 이백 리 밖
암담한 진창에 갇힌 철벽 같은 절망의 광야!

—「광야에 와서」 전문

이 시를 읽으면 마치 내 할아버지, 내 삼촌이 그랬던 것처럼이나 암울한 분위기가 마음을 짓누른다. 이 시의 정회(情懷)는 모름지기 하소연이고 비탄의 호곡이다. 내게 이 시는 시로 읽히기보다 시인의 뼛속에서 우러나온 고통과 회한의 소리로 들린다. 1937년경, 통영에 있는 협성상업학교에 교사로 있다가 일제의 압제가 싫어 조국을 떠나 광복 직전까지 살았던 만주, 그 광야의 서럽고 아픈 음색이 절절히 배인 시, 「광야에 와서」. "사람도 나도 접어주지 않으려는 이 자학의 길에/내 열 번 패망의 인생을 버려도 좋으련만 (……)/탈주할 사념의 하늘도 보이지 않고/정거장도 이백 리 밖/암담한 진창에 갇힌 철벽 같은 절망의 광야!"는 분명 하나의 절규요, 호곡이다. 시인은 평양에서 사진

관을 경영하다가 그것도 그만두고 다시 만주로 이주했으니 그 궁핍하고 처연한 삶은 눈으로 보지 않아도 본 듯하거니와 그러기에 "죽어도 뉘우치지 않으려는 마음 위에/오늘은 이레째 암수의 비 내리고/내 망나니에 본받아/화툿장을 뒤치고 담배를 눌러 꺼도/마음은 속으로 끝없이 울리"는 삶을 울음을 삼키며 살았던 것이다. 「절도絶島」「절명지」 등도 같은 내용을 담은 이 무렵의 시이다.

유치환 시인은 귀국 후, 1945년에서 1948년까지 통영여중에서 교사를 했다. 이때의 일화 한 토막.

봄날 오후시간은 예나 제나 학생들에게는 지루하고 졸음이 쏟아지는 시간, 여학생들이 유치환 선생님에게 졸라댄다. 수업은 그만두고 재미있는 이야기를 해달라는 것이다. 본래 말솜씨가 없는 시인은 여러 번 학생들의 채근을 못 들은 척하다가 워낙 성가신 조름에 못 이겨 이야기를 시작했다. 내가 몇 년 전, 고향 동문안 마을에서 여름날 점심을 먹고 느티나무 아래에서 낮잠을 자고 있는데 갑자기 느티나무에서 조그만 열매 하나가 떨어져 내 콧등을 때리더라. 나는 깜짝 놀라 잠에서 깼는데 깨어서 생각하니 우주의 이치가 참 절묘하다는 것을 알겠더라. 만약 느티나무같이 큰 나무가 호박덩이 같은 큰 열매를 달았다면 나는 어찌 되었겠는가? 큰 나무에는 작은 열매가 열고 작은 넝쿨에는 큰 열매가 연다는 자연의 이법을 생각해보라. 이 얼마나 오묘한 자연의 이치인가!

이 이야기에 학생들이 만족했는지는 모르지만 이 말솜씨 없는 시인 선생님은 이런 이야기 한 토막으로 학생들의 졸라댐을 면했던 것이다. 나는 또 김춘수 시인에게서 이런 이야기도 들었다. "유치환 시인은 통영에서 한약업을 하는 집에서 태어났지. 한약업을 하는 약국이면 유가(儒家)의 계층으로 보면 중인 정도지만 가계는 넉넉했지. 유치환 시인이 장가를 가는 예배당에 내가 나비넥타이를 매고 화동(花童)으로 들어갔지 않았겠나. 유치환은 나보다 열네 살 위이거든……" 그러고 보니 유치환 시인은 1908년 출생이고 김춘수 시인은 1922년 출생, 그러니까 자연 연령으로 14살 차이이다. 김춘수 시인은 껄껄 웃으며, "부산서 문학인 모임 뒤에 유치환과 이영도가 나란히 여관이 있는 골목길로 사라지는 것을 봤어. 어디 가는가 싶어 뒤를 따라가봤더니 두 사람이 여관으로 들어가고 안 보이데, 히히히……" 그런 것으로 보아 두 사람은 그때부터 어지간히 문단에 바람을 몰고 다닌 모양이다.

오늘은 바람이 불고
나의 마음은 울고 있다
일찍이 너와 거닐고 바라보던
그 하늘 아래 거리언마는
아무리 찾으려도 없는 얼굴이여
바람 센 오늘은 더욱 너 그리워
진종일 헛되이 나의 마음은
공중의 깃발처럼 울고만 있나니
오오 너는 어디에 꽃같이 숨었느뇨

—「그리움」 전문

이 시에서 말하는 '너'가 반드시 이영도라고 할 만한 증거는 없지만 시인이 그리워하고 찾으려고 하는 대상은 사랑하는 여인임에 틀림없다. 더러는 유치환 시인이 연서를 보낸 여인이 하나가 아니라 여럿이라고도 하지만 일단 이 시의 '너'를 이영도라고 보는 것이 해석에 무리가 없을 듯하다. 나는 이영도를 꼭 한 번 만난 일이 있다. 시협 세미나에서였다. 이영도는 조그맣고 맑고 앵두 같은 여인이요 시조시인이다. 그런 이영도가 며칠째 유치환 앞에 나타나지 않는다. 무슨 앙탈이라도 하는 것인가? 그래서 시인은 바람 부는 날 이영도를 찾아 거리를 헤맨다. 그래도 나타나지 않는 이영도를 두고 시인은 "오오, 너는 어디에 꽃같이 숨었느냐?"고 안타까운 마음을 토로한다.

내가 본, 바위 같은 시인, 말이 없고 무뚝뚝하고 여간해서 웃음을 보이지 않는 시인 유치환. 그런 시인의 가슴에 이토록 애절한 사랑과 그리움이 있었다니 놀랍지 않은가?

뉘 오는 이 없는 골에는
하늘이 항시 호수처럼 푸르러
작은 새 가지 옮으는 결에
송화가루 지고

외떨기 찔레
바윗돌 하나
기나긴 하루 해 지키기 제우느니
참으로 마음속 그리운 이 있으면
이런 골짝 호올로 숨었기도 즐거워

고은 송화가루 송화가루
손에만 묻다

—「그리우면」 전문

「행복」「기다림」「파도야 어쩌란 말이냐」 등의 시가 모두 이 계열에 드는 시지만 유치환 시인은 이같이 한편으로는 강인한 의지를 표출하면서도 다른 한편으로는 뜨거운 정념을 담은 시를 썼던 시인임을 알 수 있다. 나는 이 두 가지 면모가 한 시인에게 공존하는 것을 모순이라 생각하지 않는다. 그것은 오히려 내적인 조화, 그 조화에서 뜨겁고 가열한 시 「생명의 서」 같은 수작이 뿜어져나왔을 것이기 때문이다.

1

나의 지식이 독한 회의를 구하지 못하고
내 또한 삶의 애증을 다 짐지지 못하여
병든 나무처럼 생명이 부대낄 때
저 머나먼 아라비아의 사막으로 나는 가자

거기는 한번 뜬 백일이 불사신같이 작열하고
일체가 모래 속에 사멸한 영겁의 허적(虛寂)에
오직 아-라의 신만이
밤마다 고민하고 방황하는 열사의 끝

그 열렬한 고독 가운데

옷자락을 나부끼며 호올로 서면
운명처럼 반드시 '나'와 대면하게 될지니
하여 '나'란 나의 생명이란
그 원시의 본연한 자태를 다시 배우지 못하거든
차라리 나는 어느 사구(砂丘)에 회한 없는 백골을 쪼이리라

2

뻗쳐 뻗쳐 아세아의 거대한 지벽, 알타이의 기맥이
드디어 나의 고향의 조그마한 고운 구릉에 닿았음과 같이
오늘 나의 핏대 속에 맥맥히 줄기 흐른
저 미개적 종족의 울창한 성격을 깨닫노니
인어조(鳥) 우는 원시림의 안개 깊은 웅혼한 아침을 헤치고
털 깊은 나의 조상이 그 광막한 투쟁의 생활을 초창한 이래
패잔은 오직 죄악이었도다

내 오늘 인지의 축적한 문명의 어지러운 강구(康衢)에 서건대
오히려 미개인의 몽매와도 같은 발발(勃勃)한 생명의 몸부림이여
머리를 들어 우러르면 광명에 표묘(漂渺)한 수목 위엔 한 점 백운
내 절로 삶의 희열에 가만히 휘파람 불며
다음의 만만한 투지를 준비하여 섰나니
하여 어느 때 회한 없는 나의 정한(精悍)한 피가
그 옛날 과감한 종족의 야성을 본받아서
시체로 엎드릴 나의 척토(尺土)를 새빨갛게 물들일지라도

오오 해바라기 같은 태양이여

나의 좋은 원수와 대지 위에 더 한층 강렬히 빛날진저!

—「생명의 서」 전문

상용하지 않는 한자말이 무수히 반복되어 읽기가 힘든 시이지만, 한 자, 한 구절을 따져 읽지 않아도 시에서 말하는 시인의 의취는 충분히 짐작할 수 있는 시다. 첫 연, "나의 지식이 독한 회의를 구하지 못하고/내 또한 삶의 애증을 다 짐지지 못하여/(……)/저 머나먼 아라비아의 사막으로 나는 가자"는 시인의 가열한 자기 채찍질과 "삶의 희열에 휘파람 불며/다음의 만만한 투지를 준비하여 섰나니"라는 중간 부분의 생의 찬미와, "해바라기 같은 태양이여, 나의 좋은 원수와 대지 위에 더 한층 강렬히 빛날진저!"라는 끝 행의 소망을 읽을 수 있으면 이 시를 제대로 읽은 것이 된다. 다시 말하면 유치환 시인의 열렬한 사랑의 정신과 바위같이 굳은 의지가 창출한 작품이 이 「생명의 서」라는 것이다. 이 시가 유치환의 대표작이라는 데 이의를 말할 사람이 아무도 없는 이유도 그런 데 있다. 어떤 비장함과 엄숙함, 희열과 사랑을 한꺼번에 전달하는 시 「생명의 서」.

유치환은 정지용의 시를 읽으면서부터 문학에 빠져들었다고 하지만, 정지용의 감각을 그대로 본받지는 않고 그 감각을 의지로 치환한 보기 드문 시인이다.

검정 포대기 같은 까마귀 울음소리 고을에 떠나지 않고

밤이면 부엉이 괴괴히 울어

남쪽 먼 포구의 백성의 순탄한 마음에도
상서롭지 못한 세대의 어둔 바람이 불어오던
융희 2년

그래도 계절만은 천년을 다채하여
지붕에 박넌출 남풍에 자라고
푸른 하늘엔 석류꽃 피 뱉은 듯 피어
나를 잉태한 어머니는
짐짓 어진 생각만을 다듬어 지녔었고
젊은 의원인 아버지는
밤마다 사랑에서 저릉저릉 글 읽으셨다

—「출생기」 중에서

시인의 출생을 말하고 있는 시이지만 그 바탕에 깔린 정조는 정지용의 「향수」나 「고향」의 정황을 방불케 한다. "검정 포대기 같은 까마귀 울음소리"는 정지용의 「향수」 가운데 "질화로에 재가 식어지면 뷔인 밭에 밤바람 소리 말을 달리고"를 연상케 하고 "지붕에 박넌출, 푸른 하늘엔 석류꽃 피 뱉은 듯 피어"는 "옛 이야기 지줄대는 실개천" "얼룩백이 황소가 금빛 게으른 울음을 우는 곳"을 연상케 한다. 또한,

행이불언(行而不言) 하시는 아버지께선 어느덧
돋보기를 끼고 나의 절을 받으시고
헌 책력처럼 애정에 낡으신 어머님 옆에서

나는 끼고 온 신간을 그림책인 양 보았소

—「歸故」 중에서

는 정지용의 "엷은 졸음에 겨운 늙으신 아버지가/짚벼개를 돋아 고이시는 곳"과 발상이 닮은 데가 있다.

유치환 시인은 정지용처럼 발랄한 언어 감각을 보이지는 않지만 지용에게서 찾을 수 없는 침묵의 소리, 엄숙한 교훈, 따가운 채찍, 불타오르는 사랑의 언어들을 그 무거운 펜으로 새기고 갔다고 하면 좋을 것이다. 「생명의 서」 마지막 행, "나의 좋은 원수의 대지"라는, 이 크고 무거운 언어를, "좋은 원수"라는 이 찬란한 역설의 언어를 아직 아무도 발견하지 못했고 그 언어의 무게를 아무도 가늠해보지 않았다는 것은 후학들의 부끄러움이고 연구자들의 책임이다.

만해 한용운도 '나는 시인으로 사는 것을 부끄럽게 생각합니다'라고 토로한 글이 있지만, 유치환 시인도 시인이기를 거부하는 말을 여러 글에서 표출하고 있다.

귀한 종이를 낭비해가면서까지도 이렇게 시를 버리지 못함은 오늘 한국의 현실에 대한 절망과 소위 문단이란 것에 대한 증오로 보면 내 자신 오욕의 느낌을 금하지 못하나 따지고 보면 실상 내가 시, 그것에보다도 인생을 열애하는 소이에서가 아닌가 싶다. 요즘도 이곳 대구의 밤거리를 가며 어두운 야공을 꿰찌르듯 비쳐 있는 항공표지인 양 한 외줄기 탐조등의 광명을 바라보면 그것이 바로 오늘 나의 생명이 못내 감당하기 어려운 오직 하나 애환의 애달픈 그에 대한 나의 응답의 부르짖음 같아 스스로 목마름과 가슴 더움을 느끼지 않을 수 없는 것이다.

—『청마시초』 부기(附記)

오늘도 너는 조소와 모멸로써 침 뱉고 빰 치며 위선이 선을 능욕하는 그 부정 앞에 오히려 외면하여 회피함으로써 악에 가담하지 않았는가. 새벽이면 새벽마다 먼 예루살렘 성에 닭은 제 울음을 길게 홰쳐 울고, 내 또한 무력한 그와 나의 비굴에 대하여 죽을 상히 사모치는 분함과 죄스럼과 그 자책에 눈물로써 벼개 적시노니

—『예루살렘의 닭』 표제 글

이런 글을 읽으면서 가슴이 서늘해지지 않는 사람이 어디 있겠는가? 유치환 시인은 그만큼 자기 성찰과 이웃에 대한 지극한 사랑을 가졌던 시인이다. 다음 시를 보라.

—이 새끼 또 밥 달라고 할 테냐 죽여버린다
—엄마 다시는 밥 안 달라께 살려줘

그러나 그것은 내 딸자식이요 손주가 아니라서 너는 오늘도 아무런 죄스럼이나 노여움 없이 삼시 세끼를 챙겨먹고서 양복바지에 줄을 세워 입고는 모자를 얹고 나설 수 있는 것인가. 그리고는 어쩌면 네가 말할 수 없이 값지다고 믿는 예술이나 인생을 골똘히 생각하는 것인가. 그래서 지금도 너의 귓속엔 저 가엾은 애결과 발악의 비명들이 소리소리 울려 들리는데도 거룩하게도 너는 시랍시고 문학이랍시고 이따위를 태연

히 앉아 쓴다는 말인가.

—「그래서 너는 시를 쓴다?」 중에서

이 시는 시가 아니라 시인의 통한의 절규로 읽힌다. 아니면 우리 모두에게 향하는 무거운 채찍으로 읽힌다. 1963년에 쓴 시이니까 4·19와 5·16을 거쳐 군사정권의 강압적 통치와 엄숙한 사회적 분위기가 팽배하던 시절, 그러나 가난과 주림이 어깨를 누르던 시절의 시다. 유치환 시인은 이 시를 쓰고 난 뒤 그 필화(筆禍)로 경남여고 교장직을 사임한다. 그만큼 이 시는 당시의 정치상황을 향해 쏘아보냈던 화살이었다.

직장까지도 가볍게 여겼던 유치환 시인. 경남 안의중학, 경주여중, 경주고, 대구여고, 경남여고, 부산 남여자상고 등 수많은 학교 교장을 역임했지만, 경주 서영수 시인의 말을 빌리면 '유치환 시인이 교장을 할 때만큼 교사생활이 좋은 때는 없었'을 정도로 그는 직장 일에는 큰 관심을 쏟지 않았던 시인이다. 전 직원에게 전적인 자유를 부여한 시인 교장이었다. 그는 교장 아니면 다른 직장은 가질 마음이 없었던 시인이다. 대구여고 교장을 했던 1962년에서 1964년 사이, 경북대 문리대 국문과 '현대시론' 강의를 담당할 교수가 없어 경북대학에서 유치환 시인에게 강의를 의뢰한 적이 있다. 유치환 시인은 마다 않고 강의에 임했는데 두 주를 강의한 교수가 다시는 강의실에 나타나지 않았다. 학생들의 문의가 빗발쳐 학교에서 시인에게 연락을 했다. 시인의 대답, "내가 할 강의는 두 주 동안에 다 했는데 무슨 강의를 더 한단 말이오?"

청마(青馬), 들판의 푸른 말, 길들지도 않고 길들일 수도 없는 초원

위의 푸른 말이다. 영문학자 정인섭(鄭寅燮)이 유치환의 긴 얼굴을 빗대 늘 "마면(馬面), 마면" 하고 부른 데서 유래했다는 이 호는 정작 홍사용이 청마라고 고쳐 불렀고 그것이 유치환의 아호로 고정된 것이라 하니 청마라는 아호의 유래는 길고도 깊다. 그 싱싱한 어감이 싫지 않았던지 유치환은 홍사용이 지어준 이 호를 평생 간직했던 것이다. 나는 대학 시절 내 시 두 편을 청마 선생에게로 보낸 일이 있지만 끝내 답을 얻지 못했다. 시인 지망생이 편지로 보낸 그 작품을 청마는 읽어보기라도 했는지? 읽었다면 시인은 무슨 생각을 했을는지?

유치환(1908~1967)
경남 거제에서 태어나 동래고보를 졸업하고 연희전문학교에서 일 년간 수학했다. 시 동인지 『생리』를 간행했으며 1939년 첫 시집 『청마시초』를 시작으로 『생명의 서』(1947), 『울릉도』(1948), 『청령일기』(1949) 등의 시집을 펴냈다. 제1회 시인상(조선청년문학가협회)을 비롯하여 서울시문화상, 예술원공로상, 부산시문화상 등을 수상했다.

청솔같이 꼿꼿한 시인_조향

조향(趙鄕) 시인의 본 이름은 조섭제다. 그는 우리 시의 첨단을 걸었던 모더니스트다. 모더니스트에는 주지적 경향의 모더니스트가 있고 이미지즘을 추구하는 모더니스트가 있고 초현실주의 경향을 띤 모더니스트가 있다. 그 가운데서 조향은 초현실주의의 방법을 실현하려고 의식적으로 노력한 모더니스트이다. 1930년대의 김기림, 이상, 정지용을 전기 모더니스트라고 한다면 조향, 이봉래, 김차영, 박인환, 김수영 등은 1950년대에 활동한 후기 모더니스트 혹은 도시적인 감각을 시에 담으려는 '도시 시파(詩派)'다. 이들은 일찍이 김기림이 말한 '나뭇잎이 피는 것과 같이 시를 쓰는 것을 지양하고 의식적으로 시를 만들려고 한' 시인들이며 정지용이 말한 바의, '안으론 열(熱)하고 겉으론 서느로운 시'를 쓰려 했던 시인들이다.

조향은 1917년 경남 사천군 곤양면 출신으로 진주고보를 거쳐 니혼(日本) 대학 전문부 상경과에서 수학하였고 1941년 『매일신보』에 시

「초야」가 입선되어 문단활동을 시작했다. 일찍이 마산상고에 재직하면서 '노만파(魯漫派)' 라는 동인을 만들어 시운동을 폈는데 이때 동인으로 참가한 시인들은 서정주, 유치환, 김춘수, 박목월 등이었다. 그는 그뒤 부산에서 동아대학 교수로 재직하면서 '일요문학' '가이거(Geiger)' 등의 문학 동인을 주관했고 동아대학을 그만둔 뒤 서울로 옮겨서도 송상욱, 소한진 등과 함께 한국 초현실주의 시운동을 계속했다.

나는 조향 시인의 「바다의 층계」(『신문예』, 1958년)나 「검은 Series」(『사상계』, 1958년) 등을, 내 학습기의 초현실주의 공부를 위해 관심 있게 읽었고 그가 주관하던 동인지 『아시체雅屍體』를 구해 숙독하기도 했다. 나는 대학원 시절, 석사논문 『한국 현대시의 방법론—청록파와 후반기 동인의 비교 연구』를 쓰기 위해 조향 시인이 사는 서울 집을 방문했다. 1976년으로 기억되지만, 그때 내가 방문한 조향 시인의 집은 대문도 없었고 집으로 가는 골목에도 판잣집이 늘어선, 얼핏 보아서도 시인이 매우 빈한하게 살고 있는 것을 한눈으로 알 수 있는 집이었다. 그러나 그곳이 어느 동(洞)인지는 지금은 분명치 않다. 서울의 변두리, 아마도 서대문 어디쯤이 아닌가 싶지만, 그 어느 변두리에 있는 조향 시인의 집을 고향 친구 윤충묵의 차를 빌려 타고 골목을 누비며 찾은 시간은 석양 무렵, 나는 시인을 모시고 나와 어느 화식집에 가서 저녁 식사를 대접했고 그러고는 다시 시인의 집으로 갔다. 어차피 '후반기' 동인에 대한 자료 수집차 방문한 길인지라 나는 윤충묵을 먼저 보내고 나 혼자 조향 시인의 집에서 하룻밤을 묵었다. 시인의 집은 작고 초라했지만 방과 방 사이의 칸막이벽을 터 거기다 빽빽이 꽂아놓은 것은 전부 책, 집 안이 온통 책뿐이었다. 그러나 그 책들은 내가 읽을 수 있는 것이 아니었다. 모두가 일본어로 된 책들이었기 때문이다.

나는 그날 밤, 조향 시인으로부터 프랑스 초현실주의에서부터 일본 초현실주의 시에 관한 얘기를 새벽까지 들었는데 프랑스의 앙드레 브르통의 초현실주의 선언에서부터 일본의 다다이스트 다카바야시 신키치(高橋新吉), 하루야마 유키오(春山行夫)에 이르기까지, 그리고 조향 시인이 부산에서 창립했던 '가이거' 동인이나 '아시체' 동인에 대한 이야기를 잠을 밀어내며 들었다. 내가 그 밤, 조향 시인으로부터 들은 이야기는 주로 초현실주의의 시작 방법이었는데, 그때는 이해가 되지 않았던 용어들, 이를테면 메소드 파라노이아(Method Paranoia), 프리어소시에이션(free association), 데페이즈망(Dépaysement), 오토마티즘(Automatism), 오브제(Objet) 등의 쉬르레알리슴(surréalism) 용어들이었다.

조향 시인은 부산에서 초현실주의 연구회를 조직하고 동인지 『아시체』를 내었는데, 아시체라는 말은 '우아한 시체'라는 뜻을 가진 초현실주의의 방법에서 따온 말이다. 이 동인지는 40쪽 가량의 분량으로 꽤 여러 호를 낸 것으로 보이지만 내가 가지고 있는 것으로는 1, 2호뿐이다. 이들은 이 동인지 창간호 표지에 '새로운 예술은 새로운 예술운동에서'라고 쓰고 첫 장에는 한국예술총연합회 회장 이봉래가 보낸, '여러분의 정열적인 작업이 한국 시의 혁신에 이바지하기를!'이라는 축하 메시지를 실었고 그림으로는 호안 미로의 1924년 작 〈디자인〉이라는 초현실주의 그림을 싣고 있다. 이 동인지에는 조향 시인이 쓴 초현실주의의 방법과 역사적 배경 등의 아주 까다롭고 난삽한 논문이 실려 있고 조향을 따르는 십여 명의 동인들이 낸 실험시들이 함께 실려 있다. 그런 것으로 보아 이 동인들은 조향 시인을 중심으로 새로운 시의 개척에 몰두했던 사람들임을 알 수 있다.

조향은 '후반기' 동인의 주요 멤버였고 실지로 '후반기' 동인을 이끌었던 시인이다. 그런 '후반기' 동인회에 대해서는 같은 연배였던 김춘수 시인의 추억담을 들어볼 필요가 있다.

51년 봄인가, 나는 전시 수도 부산의 번화가를 걷고 있었다. 피난민의 물결을 헤치며 걸어가고 있는데 저만치서 나를 목표로 이봉래가 걸어오고 있었다. 그의 곁에는 그와 비슷한 또래의 군복 청년이 따르고 있었다. 우리는 가까운 다방으로 들어갔다. 군복 청년은 김경린이었다. 그때 우리의 화제는 '후반기'라는 그들이 만든 동인회에 관한 것이었다. 동인은 조향, 김규동, 박인환, 김차영, 김수영 등과 자기들을 합치면 7, 8명이 된다고 하였다. 함께 해볼 생각이 없느냐는 눈치를 보였지만 나는 애매한 대답을 하고 헤어진 뒤로는 그에 대한 이야기는 없었다.

그들이 서울로 다 돌아가고(조향만 부산에 남았다) '후반기' 동인회도 유야무야가 되어 사람들의 기억에서 사라져가고 있을 무렵 그러니까 50년대도 후반으로 접어들었을 때 나는 깨달았다. —그것이 바로 역사의 얼굴이다, 하고. '후반기'는 주로 부산에서 나오는 『국제신문』의 『주간 국제』가 그들의 주된 발표 무대였다.

—「후반기 동인회의 의의」, 김춘수 전집 『시론』 중에서

조향 시인은 당시의 한국문학에 대해서는 철저히 부정적이었다. 그리고 한국문학의 주요 발표지면이 『현대문학』 하나에 좌우된다는 사

실에 대해 매우 비판적이었다. 더욱이 『현대문학』의 주간을 맡고 있던 조연현에 대해서는 거의 폭력적인 언어를 사용하면서까지 비하했다. "조연현이도 함안 조씨, 우리 종씨이지만, 연현이는 아전(衙前)이야. 그 연현이란 자가 나를 요렇게 만들었어. 조연현이가 없어져야 우리 문학이 제 길을 갈 수 있단 말이야." 조향은 얼굴이 새빨개지면서 조연현을 매도했다. 나는 영문을 몰라 잠자코 듣기만 했다.

그의 시 「검은 Series」는 ciné-poème이라는 부제를 달고 있다. 시는 이렇다.

1,
(C.U)
유리창에 시꺼먼 손바닥
따악 붙어 있다
지문엔 나비의 눈들이……
(M.S)
쇠사슬을 끌고.
수많은 다리의 행진
(O.S)
M「아카시아꽃의 계절이었는데……」
W「굴러내리는 푸른 휘파람도……」
—밝은 목금 소리—

2,

(M.S)

윤전기에서 쏟아지는 지폐의 더미,

그 더미 속에서 도오는 지구

(C.U)

지구엔 잠시 정전이.

—권총 소리—

(O.S)

W「검은 태양을 굴리는 아폴로처럼……」

M「흑장미의 장례식은 로비에서……」

—「검은 Series」 중에서

부제처럼 이 시는 하나의 장면 장면을 영화의 신(scene)처럼 제시하려고 하는 방법적 의도를 갖고 쓴 시다. 자유연상(free association) 기법으로 쓰인 어휘나 이미지들의 나열은 논리적으로 설명되는 것을 거부한다. 무선의 상상력(wireless imagination)이 언어를 짓누르며 급박하게 이동하는 시점과 장면처리는 초현실기법을 이해하지 않고는 알기 힘든 쉬르(sur-)의 방법이다. 그만큼 이 시는 초현실주의의 시작방법을 염두에 두고 쓴 시험작이다. 그러나 자세히 읽어보면 이 시는 유럽 초현실주의 시의 방법인 완전한 상상의 자유, 논리의 해방, 어떤 논리의 간섭도 받지 않는 자동기술을 충분히 누리고 있지 못하다. 의식적으로는 어휘나 이미지, 행과 연의 구속을 피하려 하고 있지만 자신도 모르게 어떤 연관의 논리에 지배당하고 있음을 읽을 수 있다. 시인은 이 시에서 어떤 소리(sound)에 대한 상상을 하고 있다. 그것은 행의 순차에 따라 목금 소리, 권총 소리, 흑인 영가, 바람 소리, 코러스, 여인의 웃음소리, 다시 목금 소리와 같은 순차적인 변전이다. 마치 설명 없는 모노드라마의 장면 제시를 연상시킨다. 그렇다고 하는 것은 이 시가 해방의 미학을 꿈꾸면서도 완전한 의식의 해방을 실현하지 못하고 있는, 하나의 초현실주의 시의 초보적 실험작이라고 할 수 있다. 이런 점은 시 「검은 Drama」나 「검은 부정의 Arabesque」 등에서도 마찬가지다. 그런 점이 '조향의 초현실주의 시는 실패한 초현실주의 시'라는 혹평을 불러오게 했지만, 이런 혹평을 그대로 받아들인다면, 조향의 초현실주의 실패는 바로 한국의 초현실주의 시의 실패로 이어지는 것이다.

여기서 참고로 프랑스 초현실주의 시의 거장이자 초현실주의 선언문을 만든 앙드레 브르통(André Breton)의 시 「해바라기」를 보자.

> 여름도 다 갈 무렵 중앙시장을 지나가는 그 여자 손님은 발톱으로 걷고 있었다 하늘엔 절망이 너무나 아름답다 그 많은 배암풀을 굴리고 있었다 핸드백 속에는 나의 꿈 그 신(神)의 어버이만이 빨아들였다는 소금 플라스크가 들어 있었다 담배를 피우는 개에게 마비상태가 수증기처럼 퍼져 있었다 젊은 여인은 그런 시비의 판단으로 흉악하게 보이고 또 눈총을 받는 도리밖에 없었나보다 나는 대체 초산 칼리움의 대사부인과 거래를 하고 있었다
>
> —「해바라기」 전문

위 시를 읽고 제목인 해바라기를 연상할 수 있는 사람은 없을 것이다. 도대체 이 시의 문맥이 제목과 어떤 상관이 있는지, 왜 그러한 자학적이고 파편적인 이미지나 어휘가 제목 아래에 동원되어야 하는지를 독자들은 이해할 수가 없다. 왜 그런 것을 이해할 수 없는가? 그것은 시인인 앙드레 브르통이 고의로 시행의 의미 전달을 차단하고 있기 때문이다. 말하자면 이 시를 그저 읽을 수는 있지만 의식적으로 해석하려 들지는 말라는 것이다. 시인이 해석하지 못하도록 쓴 시를 독자가 고의로 이해하고 해석하려는 것은 무의미한 일이다. 아예 그럴 필요가 없는 것이다. 그러니까 초현실주의 시는 초현실주의의 방법을 이해하기 전에는 시를 읽을 수 없다고 해야 하리라. 시의 어떤 의미의 맥락에서도 벗어나 완전한 의식의 자유를 누리려고 하는 시, 그랬을 때 인간은 모든 관념에서나 윤리의식, 나아가서는 어떤 논리에서도 해방되는 것이다. 바로 해방의 미학이다.

놀라운 것은 20세기 회화의 거장, 큐비즘의 창시자인 파블로 피카소(P. Picasso)도 초현실주의 시를 썼다는 사실이다. 피카소의 시를 한 편만 보면 이렇다.

나는비둘기장주위에비둘기를날려보내지만완전히지쳐서이윽고땅에떨어진다나는모든창의문짝을부셔버리고싶다머리로노래를부르고있는모든새를모가지를비틀고모든꽃을떨어뜨리고싶다나는새끼양을두팔에껴안고젖을먹여주고싶다

—「비둘기」 전문

화가 피카소가 시를 썼다는 사실은 전혀 놀라운 일이 아니다. 더욱이 그가 큐비즘의 화가, 전위예술가인 피카소일 때 사정은 더욱 그렇다. 브르통의 시만큼 철저히 파괴적이거나 단절의 미학에 입각한 것은 아니지만 피카소가 상당한 초현실주의의 방법을 이해하고 있었다는 흔적을 이 시를 통해 읽을 수 있다.

조향은 일본어를 통해 프랑스 초현실주의 시작 방법을 탐독했고 그 자신이 어느 정도의 초현실 시를 제작할 기량을 갖추고 있었던 것은 틀림없다. 그러나 그 기량이 브르통이 선언한 초현실주의 선언과 방법에 부합하는지 아닌지는 그의 시에서 세심히 고찰해봐야 할 문제다. 일반적인 견해를 빌려 그의 초현실주의 실험이 실패라고 한다면 그것을 인정해야겠지만, 조향의 청솔 같은 꼿꼿한 성격과 거기서 나온 과격한 언어 실험은 무의미한 것은 아니었고 비록 실패한 초현실주의 시의 시험작이라 하더라도 그것은 그만큼 우리 시의 현대화에 이바지한 공적으로 인정해야 할 것이다.

낡은 아코뎡은 대화를 관뒀습니다

—여보세요!

〈뽄뽄다리아〉

〈마주르카〉

〈디젤. 엔진에 피는 들국화〉

— 왜 그러십니까?

모래밭에서
수화기
여인의 허벅지
낙지 까아만 그림자

비둘기와 소년들의 〈랑데.부우〉
그 위에
손을 흔드는 파아란 기폭들

나비는
기중기의
허리에 붙어서
푸른 바다의 층계를 헤아린다

—「바다의 층계」 전문

시집을 안고 빠 〈지중해〉의 사표. 거만한
고가선. 과부 구락부. 걸어가는 헌병 Mr. Lewis.
Poker. 검문소의 〈몽코코 크림〉. 성교당에서
가창부인과 졸업 증명서. I'd like some air. 노오란
웃음의. 소녀소녀소녀소녀소녀. Die blue blume. 방풍림

넘에, 누워 있는 파아랗지 않은. 바다. 검은 별. Darkness
at noon. 제2국민병제2국민병제2국민병제2국민병. 무말랭이.
소년 Matroos. 〈아달린〉과. 기차를 타고 온 민의 대표들의
털깃 모자와 조음(助淫)문학가 무슈 김.

—「어느 날의 메뉴」 중에서

조향은 초현실주의 시를 한국에 심으려고 노력했던 시인이다. 무수히 쏟아지는 언어의 난무, 문법 파괴, 낱말 카드를 무작위로 집어내는 듯한 단어들의 거친 조합 등이 의식적인 초현실주의 시의 실험임에 틀림이 없지만 왜 그에 대한 우리의 시사나 평론들은 그의 실험을 실패한 초현실주의로 보는가? 그것은 조향 시인의 시가 겉핥기식 초현실주의 시라는 데 있는 듯하다. 그러나 그의 실험의식은 충만했고, 그는 언어가 현실을 넘어서 보이지 않는 세계, 무의식의 세계에 닿도록 하는 힘겨운 시험을 생애 동안 한 번도 쉬지 않았다.

그는 「데뻬이즈망의 미학」이라는 글에서 이렇게 말한다.

사물의 존재의 현실적인, 합리적인 관계를 박탈해버리고, 새로운 창조적인 관계를 맺어주는 것을 데페이즈망(Dépaysement)이라고 한다. 그 움직씨 데페이제는 나라, 환경 혹은 습관을 바꾼다는 뜻이다. 'Sur-'의 화가들은 데페이제 하는 방법으로서 파피에 콜레(Papier Collé), 콜라주(Collage), 프로타주(Frottage) 혹은 살바도르 달리의 유명한 '편집광적 기법(Methode Paranoiaque)' 등을 쓴다. 초현실주의의 선구자로 여겨지는 로트레아몽의 「미싱과 박쥐우산의 미학이며 달리」의 '한

개의 토마토를 보고 달리는 말을 연상할 수 없는 사람은 천치다' 라고 한 말들을 참조해보면 석연해지는 것이 있을 것이다.

—「데뻬이즈망의 미학」 중에서

이런 말을 통해서 볼 때 조향 시인의 초현실주의의 방법적 실험은 선지식과 이론이 뒷받침된 것이 분명하다. 그러나 그것이 일본을 통해 얻어온 지식이고 방법이기 때문에 유럽의 초현실주의의 방법에서 어느 정도 굴절되었을 수는 있다. 위 글에서 그는 계속해서 자유연상(free association)의 시작 방법을 강조하고 있는 것으로 보아도 그것을 알 수 있다. 그런 만큼 그는 일반적인 서정 양식의 시는 한 편도 남긴 것이 없다. 그는 서정시인이 될 마음이 처음부터 없었던 시인이다.

조향 (1917~1985)
경남 사천에서 태어나 니혼(日本) 대학 상경과를 중퇴했다. 1941년 매일신보 신춘문예에 시 「초야」가 당선되어 등단했다. 후반기(後半期) 동인으로 『노만파 魯漫派』 『가이거Geiger』(1956), 『일요문학』(1962) 등의 동인지를 주재했다. 주요 저서로 『시의 감각성』 『10세기 문예사조』(1952), 『현대시론』(1961) 등이 있다.

영원한 소년 시인_신경림

1978년 3월, 항구도시 포항, 나는 그곳 송도에 있는 포항1대학(전 포항 수산대학) 교양과 전임으로 갔다. 전공과목이 국문학이라 부임한 즉시 나는 학보사 주간을 맡았다. 지방 대학의 학보는 기껏해야 한 달에 한 번 나오는 월보에 불과했지만 나는 제법 열성으로 학보를 만들었다. 학보는 모두 12면으로 포항에는 그것을 찍을 만한 인쇄소가 없어 편집만 그곳서 하고 인쇄는 대구로 가지고 와서 했다. 대구에 있는 중외출판사는 연전에 내가 첫 시집 『낱말추적』을 낸 출판사이고 대구매일신문사는 이 지역의 대학신문들이 주로 일을 맡기는 곳이라 이 두 군데서 신문을 인쇄했다. 수산대학이 모태이자 출발인 이 학교는 어로과, 기관과, 수산과들이 중심이 된 학교여서 국어니 영어, 윤리, 국사 등은 필수과목이긴 하지만 늘 서자 취급을 받고 있었는데 그래도 나는 학생들에게 교양과목의 중요성을 알리고 학생들에게 문화의 인식을 고양시킨다는 생각으로 해마다 초청 문학강연회를 가졌다. 5월에는 어느 대학이나 할 것 없이 축제가 열리는 달이라 이 축제의 일환으로 나는 창작과비평사의 신경림 시인과 평론가 염무웅씨를 초청하기로 했다. 꽤나 바쁜 생활을 하고 있었을 이 두 문인이 시골의 대학축제 초청에 응해준 것도 기대 이상이었지만 이 두 문인이 포항에 와서 바다 비린내가 물씬 풍기는 '죽도 시장', 어느 허름한 판잣집에 가서 회 한 접시를 시켜놓고 막걸리를 마시면서 나중에는 돌아가면서 유행가까지 뽑았으니 지금 생각하면 참 어릿광대의 짓이었지만 그래도 그때 이 모두들은 한창 나이였고 혈기가 왕성하던 때였기에 서로 흉허물 없이 한데 어울릴 수 있었다. 마침 그 자리엔 '포항의 3대 떠버리' 라는 별명을 가진 동화작가 손춘익이 와서 특유의 질그릇 깨지는 소리로 노래와 이야기를 곁들였기에 그 자리가 더욱 지루하지 않은 자리가 되었고, 우리 네 사람은 통금이 넘도록 시장가의 몇몇 술집을 돌면서 술도 마시고 허튼 장난도 치면서 실속 없는 말들로 떠들어댔다. 문인의 모임이란 늘 그랬다. 처음에는 제법 염치를 찾고 예의도 지키는 듯하지만 술잔이 한 순배쯤 돌고 나면 그 경계는 약속이나 한 것처럼 무너지는 것이 일쑤인 게 문인들의 모임이다. 염무웅씨가 〈곡예사의 첫사랑〉을 부르고 신경림 시인이 〈울고 넘는 박달재〉인가 〈충청도 아줌마〉인가를 부른 것으로 기억된다. 그리고 나는 그래도 서울 문인을 초청했으니 포항에서는 제일 좋다는 송도비치호텔에 방을 마련했는데 호텔에 든 신경림 시인의 말, '태어나서 이렇게 좋은 방에 자보기는 처음' 이라는 것이었다.

내가 신경림 시인을 만난 것은 그때가 처음이었다. 그는 이미 「갈대」라는 시를 발표해 독자들 사이에 회자되고 있었고 더욱이 『농무』라는 시집으로 소위 민중문학의 기수가 되어 이름을 날리고 있는 시인이었는데, 그 모습은 명성과는 달리 너무도 소박하고 아이다운 천진함을 벗지 못하고 있었다. 그 소박은 소박이라기보다는 촌스러운 모습, 금방 논두렁에 지게를 벗어놓고 막걸릿집으로 달려온 촌부(村夫)의 모습 그대로였다. 모습뿐 아니라 말의 씀씀이도 어디 하나 다듬어 하는 것 같질 않았고 그저 하고 싶은 얘길 혼자 쏟아놓는 철부지 소년의 이야기 같았다. 신시인은 평론가 염무웅을 보고 연신 '염가야—' 라고 불렀고 염무웅도 그에 맞장구를 치는 응답이었으니 이들의 친교는 그야말로 막역한 것으로 보였다.

이튿날 강연을 마친 뒤 신시인은 부산으로 가고 염무웅씨와 나는 대구로 왔는데 차 안에서 내가 "신시인은 무슨 일로 부산엘 가느냐"고 묻자, 염무웅씨의 대답, "부산에 노처녀가 있는데 그 처녀와 선을 보러 간다"는 것이었다. 그 나이에 선이라니, 나는 영문을 몰랐지만 더이상은 묻지 않았다. 막연하게 나는 신시인이 상처를 했나? 하고 생각만 했다. 대구에 도착해서 염무웅씨는 나더러 최원식, 조동일 등과 만나기로 되어 있었는데 같이 가자고 했지만 인사치레로 하는 말 같아 나는 거기까지의 동행은 사양했다.

시인 신경림, 그의 가슴속에는 기쁨이 많을까, 슬픔이 많을까? 시를 보면 슬픔이 많을 것 같고 사람을 보면 기쁨이 많을 것 같다. 그는 언제나 즐거운 표정, 웃는 얼굴이고 더러는 어울리지 않게 깔깔대며 가가대소하는 모습도 보여준다. 염무웅씨의 말인즉, "신경림은 그래서 늙지 않는"단다.

징이 울린다 막이 내렸다
오동나무에 전등이 매어달린 가설무대
구경꾼이 돌아가고 난 텅 빈 운동장
우리는 분이 얼룩진 얼굴로
학교 앞 소줏집에 몰려 술을 마신다
답답하고 고달프게 사는 것이 원통하다
꽹과리를 앞장세워 장터로 나서면
따라붙어 악을 쓰는 건 쪼무래기들뿐
처녀애들은 기름집 담벽에 붙어서서
철없이 킬킬대는구나

—「농무」 중에서

나는 내가 재직하는 대학의 문예창작론 시간에 이준관의 「토란국」이라는 시를 학생들에게 읽히고 이 시에 대해 토론을 벌인 적이 있다. 그런데 학생들은 이 시를 잘 이해하지 못하겠다고 했다. 그래서 다시 신경림의 「농무」를 읽히고 토론을 시켰는데 이 시는 모두가 잘 이해하는 듯했다. 이해뿐 아니라 학생들이 가장 좋아하는 시가 「농무」라는 것은 다 아는 사실이다. 비슷한 농촌의 정경을 소재로 한 시인데 「토란국」은 이해하지 못하면서 「농무」는 잘 이해한다는 것은 어째서일까? 21세기의 벽두에 와 있는 지금, 도시 생활에 젖어 있는 학생들에게, 산업화 이전의 농촌의 삶과 풍정에 대한 이해를 강요한다는 것은 불가능한 일이다. 그들은 사이버 스페이스를 유영하는 세대, 실제보다 판타지 세계를 동경하는 세대, 인터넷과 휴대폰을 친구보다 더 가까이하는 세대, 속도와 경쟁을 미덕으로 알고 있는 세대들이기 때문이다.

아내는 토란을 캔다
잎은 따서 나물을 무치고
줄기는 말려 전을 부치려 한다
침침하게 가물거리는 부엌 등
부엌 등의 심지를 별빛으로 높이 돋구고, 아내여
흙이 낳은 알
土卵
토란국을 먹자

—「토란국」 중에서

위의 부분에서는 어느 정도, 비유가 승하다는 것이 이해의 장애물이 됨을 지적할 수 있다. 그리고 토란(土卵)을 흙의 알로 말한 구절은 한자를 잘 모르는 요즘 학생들에겐 조금 어려운 단어일 수도 있다. 그러나 이 한자말 한 단어를 모른다고 해서 이 시를 이해할 수 없는 것은 아니다. 그런데 왜 다수의 학생들이 이 시를 이해하지 못하는 것일까? 그리고 「토란국」을 이해하지 못하는 세대의 젊은이들이 「농무」는 어떻게 그토록 좋아하거나 따를 수 있을까?

농촌의 삶을 잘 모르고 농촌의 정서에 젖어보지 않은 학생들이기 때문에 「토란국」을 잘 이해하지 못한다는 말이 참일 수 있다면 「농무」 역시 이해하기 힘들어야 한다. 그런데도 현상은 정반대다. 이런 두 시의 이해의 차이, 여기엔 다음과 같은 사정이 숨어 있는 듯하다.

그것은, 이 학생들이 중·고등학교를 다닐 때 신경림 혹은 「농무」의 민중시적 위상을 배우고 익혔던 이유에 기인한 듯하다.

민중시라는 용어는 검증되고 확정된 학술용어가 아니다. 다만 1960년대 군사정권에 대척적인 예술의 연대성과 가치추동의 한 용어로 우리나라에서만 급격히 부상된 비평용어이다. 사르트르가 활동하던 시대의 프랑스에서 민중예술 혹은 민중문학이라는, 그것도 학술용어가 아니라 비평용어가 쓰인 적이 있지만, 앙가주망의 기수였던 사르트르도 엘리트 문학을 지향했을 뿐 민중문학은 인정하지 않았고 오히려 '민중문학은 늙은이의 자식'이라고 폄하하기까지 했다. 우리나라에서도 민중문학 혹은 민중시에 대한 학문적인 정의가 내려진 적이 없을 뿐 아니라 『민중시대의 문학』의 저자도 이 용어를 확연하게 규명하지 않았다. 민중은 기실 populace나 folk에 해당하는 용어이기보다 mass people에 해당하는 용어이다. 서민 혹은 군중이라는 뜻을 가지지만 단순한 서민 혹은 군중이라기보다 거기에 이념의 색깔을 입힌 개념이다. 소위 가진 자 아닌 못 가진 자, 권력의 중심부가 아닌 주변부, 농민, 도시 노동자, 산업 근로자 들이 그들이다.

그런 점에서 나는 민중시의 좋은 예로 「농무」보다 「파장」을 든다.

못난 놈들은 서로 얼굴만 봐도 흥겹다
이발소 앞에 서서 참외를 깎고
목로에 앉아 막걸리를 들이켜면
모두들 한결같이 친구 같은 얼굴들

호남의 가뭄 얘기 조합 빚 얘기
약장사 기타 소리에 발장단을 치다보면
왜 이렇게 자꾸만 서울이 그리워지나
어디라도 들어가 섰다라도 벌일까
주머니를 털어 색싯집에라도 갈까

—「파장」 중에서

징이 울리고 막이 내려지고 오동나무에 전등이 매달린 가설무대를 지금의 대학 이삼학년들은 본 일이 없다. 1960년대 산업화 과정과 이농현상, 농촌의 피폐화 과정을, 그 현장을 그들은 관념적으로만 알거나 책을 통해 배웠을 뿐, 실지 체험을 한 일이 없다. 실지 체험이 결여된 관념화된 현실에의 맹목적인 추수(追隨)는 문학의 이해, 시의 이해에도 그만큼 선지식 혹은 선입견으로 작용할 수밖에 없다.

내가 보기에는 「농무」는 노천명의 「남사당」과 발상이 매우 유사하다. 그러니까 「농무」를 쓰기 전에 신경림은 「남사당」을 읽었을 것이고 「남사당」의 분위기를 감지하고 있었을 것이다. 「남사당」은 해방 전에 씌어진 시이고(정확한 연대는 파악되지 않으나 노천명의 제2시집 『창변, 1945』에 실려 있는 것으로 미루어 연대를 말한 것임) 『농무』는 1971년 『창작과비평』에 발표된 시이다. 「남사당」을 보자.

나는 얼굴에 분을 하고
삼단같이 머리를 따내리는 사나이

초립에 쾌자를 걸친 조라치들이
날라리를 부는 저녁이면
다홍치마를 두르고 나는 향단이가 된다

이리하여 장터 어느 넓은 마당을 빌려
램프불을 돋운 포장 속에선
내 남성이 십분 굴욕된다

산 넘어 지나온 저 촌엔
은반지를 사주고 싶은 고운 처녀도 있었건만

다음날이면 떠남을 짓는 처녀야
나는 집시의 피였다
내일은 또 어느 동리로 들어간다냐

우리들의 도구를 실은
노새의 뒤를 따라
산딸기의 이슬을 털며
길에 오르는 새벽은

구경꾼을 모르는 날라리 소리처럼
기쁨과 슬픔이 섞여 핀다

—「남사당」 전문

이 시 「남사당」에서, "얼굴에 분을 하고" "초립에 쾌자를 걸친 조라치들이 날라리를 부는 저녁" "구경꾼을 모르는 날라리 소리" 등은 『농무』의, "우리는 분이 얼룩진 얼굴로 학교 앞 소줏집에 몰려 술을 마신다" "꽹과리를 앞세워 장거리로 나서면" "따라붙어 악을 쓰는 건 쪼무래기들뿐" "한 다리를 들고 날라리를 불거나, 고갯짓을 하고 어깨를 흔들거나"와 어휘나 이미지가 매우 유사하다. 전자의 제목이 「남사당」이자 대상이 남사당패이고 후자의 제목이 「농무」이자 대상이 사물놀이패인 만큼이나 두 시는 닮았다. 이뿐 아니라 이와 유사한 발상으로 씌어진 시는 전대(前代), 1950년 2월에 발표된 정지용의 「곡마단」도 있다.

疎開터
눈 우에도
춥지 않은 바람

클라리오넽이 울고
북이 울고
천막이 후두둑거리고
기가 날리고
야릇이도 설고 홍청스러운 밤

말이 달리다
불테를 뚫고 넣고

알 우에
기집아이 뒤집고

물개
나팔 불고

그네 뛰는 게 아니라
까아만 공중 눈부신 땅재주!

감람 포기처럼 싱싱한
기집아이의 다리를 보았다

역기선수 팔짱 낀 채
외발 자전거 타고

탈의실에서 애기가 울었다
초록 리본 단발머리 째리가 드나들었다

원숭이
담배에 성냥을 키고

방한모 밑 외투 안에서
나는 사십년 전 처량한 아이가 되어

내 열 살보담
어른인
열여섯 살 난 딸 옆에 섰다
열길 솟대가 기집아이 발바닥 우에 돈다
솟대 꼭두에 사내 어린아이가 가꾸로 섰다
가꾸로 선 아이 발 우에 접시가 돈다
솟대가 주춤한다
접시가 뛴다 아슬아슬

클라리오넽이 울고
북이 울고

가죽 잠바 입은 단장이
이욧! 이욧! 격려한다

방한복 밑 외투 안에서
위태천만 나의 마흔아홉 해가
접시 따러 돈다 나는 박수한다

—「곡마단」 전문

위의 시는 겨울이 배경이고 텅 빈 소개터 눈 위에 춥지 않은 바람이 불고 클라리넷, 북, 나팔이 울고, 천막이 후두둑거리고, 계집아이가 뒤

집는, 쓸쓸하면서도 홍청스러운, 서럽고 을씨년스러우면서도 흥겨운, 야릇한 분위기가 감돈다. 그러한 분위기는 「농무」의 분위기와 혹사하다. 「남사당」이 1940년대, 「곡마단」이 1950년대(「곡마단」은 1950년 2월 『문예』에 발표된 시로 해방 후와 6·25전쟁 중간의 작품임)에 발표된 시로, 두 시가 공히 농촌의 풍속과 전통적 삶의 관습인 민속을 소재로 하고 있다. 그런 정황과 분위기가 1971년에 발표된 「농무」의 배경이 된, 사물놀이패 연행(演行)의 묘사에 의한 쓸쓸하고 황폐화된 농촌의 겨울 풍경의 서술과 묘사이면서도 까닭 모르게 즐겁고 홍청스러운 것과 비슷하다는 것은 양자의 시적 연계성, 정감의 동질성을 말할 수 있는 충분한 근거가 된다.

이와 같이 씌어진 연대가 서로 다른 위 세 편의 시가 묘사기법이나 배경 제시, 분위기 전달양식에 있어 서로 유사하다는 것은 이 시들이 '민속시' 로서의 한 패턴으로 유형화될 수 있는 가능성을 보여준다. 물론 민중시라는 용어와 마찬가지로 민속시도 학술적인 용어로 규정된 일은 없다. 컬럼비아 대학에서 나온 백과사전에도 '민속에 대한 정의는 내려진 바 없고 다만 그것은 논쟁적인 용어로 쓰일 뿐' 이라고 되어 있다.(*The Columbia Encyclopedia Vol.1, New york, 1942, 1946*) 민속예술은 Folk art로서 민속학에서 말하는 '현재의 문명한 사회에 남아 있는 민간전승의 원시적 문화 전반을 지칭하는 용어' 로 쓰일 뿐이다. 농촌의 세시풍속과 기예(技藝)를 배경으로 하는 한국인의 삶을 시적인 한 유형으로 보여주는 이 일련의 시들이 시인의 정감과 지각능력에서 공유하는 영역이 넓고 또한 이같이 독자의 관심의 공간 속에 폭넓게 자리하고 있다는 사실은 이런 유형의 시들을 지금까지의 고착화된 시각에서 평가하고 재단할 것이 아니라, 그것의 또다른 평가와 자리매김을 필요로 한다는 사실을 강하게 암시하고 있다는 생각을 떨쳐버릴 수 없다. 다시 말해 서로 창작연대를 달리하는 이 세 편의 시가 묘사나 서술양식으로서의 한국시의 한 유형이 될 수 있는 가능성을 시사한다. 이 시들을 읽으면 우리는 어언 정월 대보름에나 있을 법한 사물놀이의 한가운데 서게 된다.

그러기에 이러한 시의 발상과 완성은 한 개인의 창작이면서 동시에 우리 시의 토속적 전통이 되어 시대의 선후에 관계없이 그 정서가 시의 형식을 타고 면면히 이어져온 것이라 할 수 있다.

나는 이런 시의 유형을 한국 농촌시의 한 전형으로 볼 수 있을 뿐만 아니라 한 걸음 더 나아가 한국 민속시의 한 유형으로 보는 것이 타당하리라 생각한다. 이 점은 다만 서정시로만 읽히던 「남사당」과 「곡마단」의 또다른 시적 유형화에 이를 수 있음과 아울러, 『농무』에 붙여진 민중시라는 고착된 이름 외에, 그보다는 더 광범위하고 더 보편적인 성격 규명의 시적 명명에 적절히 값할 수 있는 길이 될 수 있으리라 보는 것이다. 또한 그렇게 보는 것이 다분히 시류적이고 유행적인 민중시라는 이름보다 더 항구적이고 보편적인 시의 명칭과 규명에 값하리라 생각한다.

만약 나의 이러한 주장이 받아들여진다면, 시의 배경 혹은 주제에 있어서는 차이를 보이지만 어휘나 감정의 전달방식, 토속적 소재나 민속적 발상 등의 유사성을 보이고 있는 백석의 「여우난골족」(『사슴』, 선광인쇄주식회사, 1936)이나 이용악의 「다리 우에서」(『오랑캐꽃』, 아문각, 1947) 등도 이 계열에 포함시켜 해방 전후의 우리 시의 큰 흐름으로 유형화할 수 있으리라 생각한다.

신경림(1935~)
충북 중원에서 태어나 동국대 영문과를 졸업했다. 1956년 『문학예술』에 시 「갈대」 「묘비」 등이 추천되어 등단했다. 시집 『농무』(1973), 『새재』(1979), 『달넘세』(1985), 『남한강』(1987), 『가난한 사랑노래』(1988), 『길』(1990) 등이 있으며 만해문학상(1973), 한국문학작가상(1981), 이산문학상 등을 수상했다.

큰 그릇_고은

공연한 찬사가 아니다. 고은 시인은 큰 시인이다. 그는 고함을 지를 줄 아는 시인이다. 저 협잡과 사기와 오물로 뒤덮인 현실들을 발길질도 할 줄 아는 시인이다. 그 큰 그릇이 그렇게 많은 두들김에도 오래 깨어지지 않고 용케도 잘 견딘 시인이다. 나는 시의 상상력이 메말라 갈 때는 예외 없이 고은 시인의 시들을 읽는다. 그 천의무봉의 언어들, 그 폭발적인 상상들, 그 시들을 읽으면 내 마음 어디선가 바스락 바스락 시의 속잎 터지는 소리가 들린다. 그러나 그 큰 목소리와 풍성한 언어 앞에 나는 늘 현기(眩氣)를 느낀다.

나는 오랫동안 고은 시인을 경원해왔다. 그가 1962년에 낸 『해변의 운문집』(신구문화사), 1975년에 낸 『부활』(민음사)을 즐겨 읽으면서도 왠지 오랫동안 그를 생각하는 마음에 부담을 안고 있었다. 내 인상에 들어온 그는 시인으로서의 따스함보다 프로파간다의 그것이 더 승했기 때문이다. 1982년인가에 나는 재직하고 있는 대학의 학생 문화지

『영대문화嶺大文化』의 주간을 맡고 있었는데, 당시만 해도 학생들의 주장이 학내의 언론을 완전히 장악하고 있을 때라, 민중·민주를 외치는 문학이 아니면 문학으로 취급하지 않으려는 추세가 젊은이들에겐 팽배했고 그런 분위기 속에서 『영대문화』의 특집으로 '한국에서의 민중·민주의 현실적 의미' 라는 특집을 기획했다. 거기에 고은 시인의 긴 글—아마도 어느 강연의 초록이었던 것 같지만—을 싣게 되었다. 주간인 나는 원고를 검토하는 책무를 갖고 있었기에 그 긴 글을 의무적으로 다 읽었는데, 글의 어조가 너무 강해 학생들에게 이 글을 빼자고 제안했지만, 학생들이 극구 주장하여 그 글을 싣게 되었다. 그후, 고은 시인은 서너 번 영남대에 강연차 오곤 했는데 나는 선뜻 인사할 마음이 우러나지 않아 시인을 만나지 않았다.

그러던 차에 1996년 여름, 한국일보사가 주관한 '한국문학인대회'가 경주 코오롱호텔에서 열렸다. 그 당시로는 한국 문인이 가장 많이 모인 대회라는 말을 듣기도 한 이 대회는 총 4개 분과 삼백여 명의 문인, 그리고 소위 순수파와 참여파의 문인이 골고루 참가한 것으로 밝혀지기도 했는데 이 대회에서 나는 제4분과의 지정 토론자로 참가했다. 김용직 교수의 「한국문학에 있어서의 전통과 현대」라는 주제발표에 대한 토론이었다. 이박 삼일의 대회는 밤낮 이틀 동안 학술토론을 끝내고 둘째날 오후엔 대형버스를 내어 포항 북쪽 칠포해수욕장에 가서 문학과 음악의 밤을 여는 순서로 진행되었다. 대회 첫날에는 개회사와 함께 이어령, 고은 등이 주제발표를 했는데 이어령 선생은 향가와 한국문학의 전통 계승에 대한 주제발표를 했고 고은 시인은 제목이 정확하지는 않지만 시대와 시인의 책임 문제를 내용으로 하는 주제를 발표했던 것으로 기억된다. 무엇보다 나를 놀라게 한 것은 주제발표자로 나선 고은 시인이 단상에 올라서자마자 큰 소리로 "하늘이여, 비를 내리소서, 비를 내리소서" 하고 주문을 외듯 큰 소리로 기도를 하는 모습이었다. 가뭄이 한 달여 계속되던 때였다. 그 기도에 장내는 숙연하고 비장해졌지만 나는 고은 시인의 그 자유롭고 활기찬 모습을 보면서 전에 느끼지 못했던 뭉클한 감동을 느꼈다. 왠지 달려가 그와 포옹이라도 하고 싶은 마음이 일었다.

칠포해수욕장, 나보다 앞 차로 해수욕장에 도착한 고은 시인은 벌써 얼굴에 주기가 돌고 있었고 손에는 소주병이 들려 있었는데 벙거지를 쓴 시인이 모래 위에 놓인 평상에 앉아 있는 정공채 시인과 나에게 다가오더니 느닷없이 놋쇠 술잔에 소주를 주르르 부어 내 코앞에 내밀었다. 아마도 내가 너무 진지한 표정으로 앉아 있었던 탓이리라. 나는 손을 저어 술을 사양했는데, 시인은 한술 더 떠, 나에게 한 주먹을 다른 손에 넣어 내밀어 보이는 소위 '쑥떡'을 먹이는 것이었다. 나는 우습고 황송해 벌떡 일어나 소주잔을 받았다. 그리고 시인이 내미는 초장에 찍은 낙지 다리를 받았다. 말하자면 이것이 고은 시인과 나의 첫 만남이었다. 나는 그때부터, '아, 시인은 나이에 관계없이 저리도 천진난만함을 지니는구나' 하는, 알 수 없는 친근감을 지니게 되었다.

그뒤에도 나는 틈이 나면 고은 시인의 시를 자주 읽었다. 그러나 시인과 만날 수 있는 기회는 별로 없었다. 그러던 중, 나는 한국학술진흥재단의 지원을 받아 한 해 동안 미국에 가게 되어, 김포로 가기 전날 민음사에 들렀는데 거기에 고은 시인이 먼저 와 박맹호 사장과 이야기를 하고 있었다. 나는 넙죽 두 분에게 허리 굽혀 인사를 했다. 고은 시인이 아는 체를 했기에 나는 마음이 놓였다. 그런데 아니나 다를까, 고은 시인이 소파 아래를 더듬거리더니 종이 박스로 된 소주 상자를 따는 것이었다. 그러고는 나에게 잔을 건네며 한잔하라는 것이 아닌가? 박맹호 사장이 술을 못 하는지라 아마도 술 마실 짝을 찾고 있었던 모양이다. 나는 작은 잔으로 두 잔을 받았다. 그러고는 그 종이 상자를 나에게 내밀면서 소주를 가져가라는 것이었다. 나는 사양했지만 끝까지 사양할 수 없어 반 상자만 달라 해서 가지고 왔다.

내가 한 해 동안 미국에 머문 곳은 롱아일랜드 스토니브룩에 위치한 뉴욕주립대학(SUNY)이었는데 이 대학에는 지금도 한국 불교, 그중에서도 원효를 전공한 박성배 교수가 한국학을 강의하고 있다. 나에게 자기가 있는 대학에 방문교수로 올 수 있도록 초청장을 보내준 그는 퍽 정중하고 사색적인 분이다. 그런데 알고 보니 박성배 교수는 고은 시인과 아주 가까운 사이였다. 하루는 박교수가 나더러 한국서 고은 시인이 왔다는 것이었다. 나는 고은 시인이 어디에 머물고 있느냐고 물었다. 그러고는 박교수로부터 고은 시인이 머무는 집의 전화번호를 넘겨받았다. 나는 뉴욕 시내에 있는 고은 시인의 숙소로 전화를 걸었다. 이른 아침인지라 시인은 잠에서 금방 깬 목소리로 전화를 받았지만 목소리는 쾌활하고 건강한 목소리였다.

그후로는 나는 자주 고은 시인을 만날 기회를 가졌는데 주로 문예지들의 여름 캠프 같은 데서였다. 평론가 김재홍이 하는 『시와시학』 여름 행사나 백담사 만해축전 같은 데서 만나면 고은 시인은 늘 교장직을 맡고 있었다. 제1회 만해축전에서는 많은 시인과 학자들이 주제를 발표하고 만해 사상을 학문적으로 조명했는데, 나는 코넬 대학의 데이

비드 맥켄과 같은 조가 되었다. 조동일, 김용직, 오세영, 최동호, 이승훈 등이 참가하고 있었다. 학술행사를 마친 첫 밤에는 고은 시인이 술을 한잔 산다기에 방으로 갔더니 위의 발표자들이 방 안을 꽉 메우고 있었다. 나는 이번에도 또 고은 시인의 소주잔을 받았고 그 잔이 석 잔 넉 잔이 되어 어느덧 나는 산사의 밤에 대취하는 꼴이 되고 말았다.

고은 시인은 마음만 내키면 후배 시인들을 극찬하는 말을 잘한다. 그 말에는 때로 과장이 담겨 있기도 하지만 선배 시인으로서의 후배 시인을 격려하는 마음이 더 클 것이다. 2000년 여름, 충남 홍성에서 열린 『시와시학』이 주관하는 '만해 기념행사'의 마지막 날, 참가자들에게 참가증을 수여하는 자리에서 갑자기 고은 시인이 나를 가리키며 "여러분, 진짜 시인이 여기 있다"고 큰 소리로 말했다. 많은 사람 앞이라, 나는 기분이 나쁘지는 않지만 좀은 겸연쩍어 얼굴을 붉혔다.

북한 여인아 내가 콜레라로
그대 살 속에 들어가
그대와 함께 죽어서
무덤 하나로 우리나라의 흙을 이루리라

—「남한에서」 전문

이를 과장된 표현으로 본다면 지독한 과장이다. 그러나 통일에 대한 절절한 심사, 낫지 않는 통한의 병, 그것을 표현하는 데는 이것보다 더 적합한 심정의 표출을 찾기는 어려울 듯하다. 그리고 이런 능친 표현은 시만 읽으면 잘 이해되지 않다가도 고은 시인과 십 분만 애기해보면 그런 시 구절이 결코 과장이거나 거짓이 아님을 알게 된다. 그의 몸짓이나 언어는 그만큼 사람을 아우르고 끌어들이는 힘이 있다.

그 힘에 이끌려 나는 습작 시절에, 시의 참뜻도 이해하지 못하면서, 그저 그 시의 비의(秘儀)함에 젖어서 「이 만조에 노래하다」를 얼마나 즐겨 읽었던가!

제주 만조여, 그대는 떠나는 배를
조금만 늦게 떠나게 하고
이제 밤배들을 돌아오게 한다
어떻게 지킬 약속을 실어오는지,
한 척의 거룻배도 삐걱거리며 돌아오게 한다

그러나 만조여, 그대는 한 물새가 조상(弔喪)할 것을 조상하게 한다
돛받이에 다친 어부는 귀 잡은 손을 들고
온갖 그물코에 별들을 걸어야 한다
잠깐이다. 다른 세상에서 다른 여인이 낳을 것이다.
오늘까지 살아온 자는 그대 앞에 있고
언젠가 오랜 땅보다도 오랜 바다를 소망하리라

만조여, 누군들 그대 앞에 한낱 어린 길손이리라
그러나 만조여,
그대가 이 마을을 가득하게 할 때
산지포 노인의 지는 숨은 빨리 지고

새 갓난애와 별똥이 탄생한다
이 세상을 떠나는 자도 오는 자도
그대가 이 마을을 가득하게 할 때인지라
먼 곳으로부터 썰물 때는 서두를 수 없으리라

—「이 만조에 노래하다」 중에서

시인은 처음부터 시의 문법을 파괴하고 재창조한 시문법을 쓰고 있다. 그것을 평론가 염무웅은 이렇게 말한다.

고은의 문학세계를 이해하기 위해서 우리는 먼저 그의 말을 사용하는 방식에 주의를 기울일 필요가 있다. 그가 사용하는 어휘나 조사법들은 때때로 지나치게 상식을 벗어나는 것이어서 심히 우리를 당황하게 만든다. 난데없는 단어가 튀어나오는 수도 있고, 정상적인 문맥으로부터의 돌연한 이탈이라고 여겨지는 구절도 많다. 특정한 인물이나 사물, 지명 등을 지칭하는 명사들이 작품 속에 수시로 등장하는데 그러나 시인은 그 특정한 명사가 으레 가지리라고 예측되는 어떤 특수한 의미가 무엇인지 독자가 합리적으로 추리할 만한 단서를 제공하지 않는다. 문장과 문장 사이에 '그리하여' '마침내' '차라리' '이제' '비로소' 등등의 부사들을 삽입하여 시인 자신으로서는 일정한 논리적, 시간적, 심리적 인과관계를 설정하고 있으나 독자들에게는 그것이 시인이 의도한 것만큼 잘 전달되어오지 않고 오히려 그러한 부사들의 삽입 자체가 매우 생소한 느낌을 준다.

이러한, '논리 위에 노는 시인'의 언어를 논리로 끌어내어 함께 놀기를 바라는 경우도 없진 않지만 나는 예의 시들을 읽으면서 뜻도 통하지 않는 부분에서 더한 즐거움을 느끼고 그것을 되풀이해 읽었으니 내 시 읽기가 정상적인 것이었던지 아니면 오독(誤讀)의 연속이었던지 나도 잘 가늠이 안 간다. 그러나 시는 가슴으로 전해오는 것이 중요한 것이라면 나의 고은 시 읽기가 그다지 엉터리는 아니었던 것 같기도 하다.

지금도 나는 심심하면 『문학과경계』에 연재하고 있는 시인의 일기를 읽는다. 일기의 한 부분을 옮기면 이렇다.

1974년 2월 28일 목

세대사에서 원고료 선불받았다. 한국일보 원고료, 『심상』 원고료도 받았다. 예문관에 갔다. 사장 최해운과 내 소설 출판 문제 의논했다. 이청준과 소주 두 병 마셨다. 청준이 가정 문제로 고민하다가 울음을 터뜨렸다. 울음마다 새 울음 같았다. 민음사에서 천경자 수필집 의논했다.

1974년 3월 4일 월

김현으로부터 사학자 홍이섭이 연탄가스로 사망했다는 소식을 들었다. 한동안 멍멍했다. 콜레라로 사망한 헤겔도 떠올랐다. 하필 새 집으로 이사한 첫날 연탄가스에 중독되다니…… 세대에 마지막 원고 넘겼다. 이광훈 사장의 도미 요리를 얻어먹었다. 그가 문학평론을 열심히 했으면 좋겠다. 김현, 이청준과 함께 박혜송을 만났다. 저녁에 박맹호, 이

청준과 함께 천경자 집에 갔다. 박맹호, 이청준과 우리집으로 와서 맥주 잔치 벌였다. 술 취해서 밤중에 두만강 푸른 물에 노 젓는 뱃사공아를 몇 번 불렀다. 들어주는 자 없는 노래였다. 혼자서 노래하는 자의 귀는 슬프다.

1974년 3월 19일

박맹호와 함께 있었다. 김주연과 낮술, 그리고 김용직의 술도 마셨다. 셋이 와서 박맹호의 술을 또 마셨다. 아무래도 술이 내 조상인 모양이다. 술에 경배할지어다.

1974년 3월의 일기인데 읽으면서 재미와 함께 나는 그때 무얼 하고 있었을까를 생각했다. 1974년, 나는 그때 대학 국문과 삼학년 학생. 잠잘 데가 없어 고향 친구가 나비넥타이를 매고 술심부름하는 대구의 '대화 카바레' 오층에서 통금에 쫓기는 술꾼들이 황급히 가고 나면 거기 있는 소파를 등에 붙이고 하룻밤을 지새우던 때였다. 그때 고은 시인은 열정적으로 술과 등신(等身)의 책과 문인들과 함께 나날을 보내고 있었던 것이다. 나야 아직 대학 삼학년이었으니까 남의 장사 집 소파도 마다할 이유가 없었지만, 고은 시인은 그 유명세 속에 매일을 문인, 원고, 술을 필수로 하는 삶을, 멋지다면 멋진, 천의무봉하다면 천의무봉한 삶을 살았던 것이다. 그것이 어쩌면 시인의 가장 시적인 삶이었구나 하고 나는 느낀다.

2005년 2월 어느 날 오후, 내가 혼자 책 읽고 잠자는 서재로 한 통의 전화가 왔다. 전화를 들자 대뜸,

"나, 고은이야."

였다.

얼른 짐작이 안 가 나는,

"네?"

하고 다시 물었다.

"나, 시인 고은이야."

나는 깜짝 놀라,

"예, 선생님, 선생님이 어떻게 전화를 다……"

"시집 잘 받았어. 아, 좋은 시집인데, 곁에 있으면 함께 술 마시고 싶어."

시인의 목소리는 거칠지만 힘찬 음성이다. 그런 격려와 채찍은 후배들에겐 늘 힘이 된다. 고은 시인은 그런 사람이다.

『만인보』 20권을, 『백두산』 일만 행을 웅대한 서사로 써낸 시인에게 무슨 찬사를 붙여야 할지 몰라 나는 다만 '큰 그릇의 시인'이라는 말 한마디로 그에게 향하는 선망과 정념을 표하고자 한다. 이것이 시인의 그 큰 그릇의 바닥에나 찰 수 있는 말인지 궁금해하면서……

고은(1933~)
전북 군산에서 출생하였다. 1947년 군산중학에 입학했다가 한국전쟁으로 휴학했다. 1952년 입산하여 승려가 되었다가 환속했다. 1958년 현대문학에 「폐결핵」이 추천되어 작품활동을 시작했다. 시집 『피안감성』(1960), 『해변의 운문집』(1962), 『문의 마을에 가서』(1974), 『조국의 별』(1984), 『내일의 노래』(1992), 연작시집 『만인보』와 정편서사시 『백두산』(1993) 등이 있다. 한국문학작가상(1974), 만해문학상(1988), 중앙문화대상(1991), 금관문화훈장(2002) 등을 수상했다.

청동언어를 빚는 시인_황동규

우리 시대 시의 연금술사로 불릴 수 있는 시인이 있다면 그는 황동규다. 황동규 시인의 시에는 매편 청동불빛이 번쩍인다. 일찍이 조태일이 어떤 평론에서 '흐르는 시와 고여 있는 시' 라는 표현을 한 일이 있지만 황동규 시인의 시는 늘 흐른다. 흐르기 때문에 변한다. 변화한다. 그 변화는 때로 눈에 뜨일 때도 있고 때로는 눈에 뜨이지 않고 속으로 익을 때도 있다. 그의 시에는 현실에 대한 날카로운 비판의 칼날이 번쩍이기도 하고 삶을 감싸안는 사랑의 정신이 뜨겁게 배어 있기도 하다. 반어와 역설이 적절히 교직되어 읽는 재미를 더하기도 하고 유머와 해학으로 시 읽는 맛을 돋우기도 한다.

시를 쓰는 사람이라면 누구나 선배들의 좋은 시를 읽고 그 영향을 받는 것은 흔한 일이지만 나는 황동규 시인의 시를 읽으면서 내 감수성을 재충전하거나 언어의 직조를 다시 가다듬기도 한다. 평론가 반경환이 코믹하게 꼬집었지만, 황동규 시인은 많은 문학상 심사를 한다.

많은 문학잡지에 글을 쓰고 많은 곳에 다니면서 문학 강연을 한다. 나는 한때, 영남대 학보사에서 동양철학을 전공하는 이완재 교수와 함께 신문 내는 일을 한 일이 있는데, 그때 유종호, 황동규 선생을 연사로 초청해서 학생들과 함께 두 분의 문학 강연을 들은 일이 있다. 1980년대 초반으로 기억된다. 대개의 경우 그렇지만 강연회가 끝나면 주최측과 연사가 함께 뒷자리를 가지는데 여기에는 대학과 관계없는 이 지역의 문인들 특히 시인들도 자리를 함께한다. 우리는 대구 삼덕동에 있는 '마당' 이라는 맥줏집 목조 의자에 둘러앉아 몇 순배 술잔을 돌리고 있었는데 아무 말 없이 술잔만 돌리고 있는 좌중들이 갑갑했던지 황동규 시인이 갑자기 "내가 노래를 한 곡 부르지" 하고 노래 부르기를 자청했다. 좌중은 의외의 제의에 깜짝 놀라 박수로 환영했다. 노래는 아마도 〈선창〉이었던 것으로 기억된다. 시인으로서는 노래를 부르고 싶었던 것이 아니라 무언가 꽁꽁 얼어붙은 듯한 대구의 후배 시인들에게 편안함을 주려고 했을 것이다. 황동규 시인이 한 곡의 노래를 부르고 나니 분위기가 싹 달라져서 곧 자리가 무르익었고 우리는 남은 시간을 노래와 여흥으로 즐겁게 보낼 수 있었다. 유종호 선생은 노래는 안 하면서도 젊은 시인들과 어울리는 것을 퍽 좋아하는 것 같았다. 자정이 지나고 주인이 통금을 알려 마이크를 껐는데도 일행이 돌아갈 생각을 하지 않고 있었다. 분위기가 냉각될까봐 주최측인 내가 없는 용기를 불러내어 다시금 〈울고 넘는 박달재〉를 돼지 멱따는 소리로 불렀더니, 유종호 선생 왈, "마이크 없는 노래가 더 일품이네"였다. 황동규 시인과의 만남은 이때가 처음이다.

나는 등단 후 대구와 포항을 오가며 직장생활을 하고 있었는데 작품

발표가 어려워 적막한 몇 년을 동해 남부선 위에서 허송했다. 그러던 어느 봄, 갑자기 몇 편의 시가 씌어져 그것을 민음사 『세계의문학』 편집부로 보냈고 그것이 1978년 여름호 『세계의문학』에 발표되는 기쁨을 맛보았다. 나로서는 이 발표가 추천작 발표보다 더 기뻤다고 해도 되겠다. 「청산행」 「이른 봄」 「저물 무렵」 「동면도」 「화전」 다섯 편이었다. 작품 다섯 편이 한꺼번에 발표된 것도 기뻤는데 거기다 이 다섯 편에 대한 월평들이 여기저기서 쏟아져 설레는 기쁨을 한층 더 맛보았다. 날짜는 기억하지 못하지만 내 시가 발표된 열흘 뒤, 조선일보에 황동규 시인의 월평이 실렸다. 나로서는 처음으로 내 작품에 대한 칭찬과 격려를 받은 셈이다. 황동규 시인의 월평은 설창수 시인의 시와 내 시를 두고 평한 글인데 워낙 무명이었던 내 사진을 미처 조선일보에서 구하지 못했던지 사진은 설창수 시인의 것만 실었고 나의 것은 사진 없이 평문만 실렸다. 이어서 『현대문학』에 최하림 시인이 다시 내 시 다섯 편에 대한 격려와 채찍의 월평을 해주어서 선배 시인들로부터 받은 충고와 격려가 아직도 기억에 생생하다.

그후로는 나는 비교적 자주 황동규 시인을 만날 기회가 있었고 더러는 문학과지성사에서 시인을 만나기도 했다. 문학과지성사에는 예나 제나 요일을 정해놓고 편집동인들이 모인다. 동인들은 편집실에 모이면 더러는 새로 나온 책도 읽고 더러는 소파에 둘러앉아 바둑도 둔다. 바둑을 두지 못하는 나는 어깨너머로 바둑 구경만 하다가 돌아오곤 하지만 거기엔 김병익, 김주연, 김치수, 오생근 등 '문지' 편집동인들 말고도 이청준, 정현종, 홍성원, 김원일, 복거일 등이 합석하곤 하는 것을 보았다. '문지' 에서 나의 다섯번째 시집 『지상에서 부르고 싶은 노

래』를 낸 해가 1993년 8월, 그해 초겨울 어느 아침인가에 갑자기 전화벨이 울렸다. 수화기를 드니

"황동—귭니다."

했다.

"선생님이 어떻게 전화를……"

하고 놀라는 나에게 황동규 시인의 말.

"축하합니다. 우리가 어젯밤 이선생을 김수영문학상 수상자로 결정했어요, 곧 민음사에서 연락이 갈 거예요."

기뻤다. 가슴이 뛰었다. 이런 일들이 문학하고 사는 재미 가운데 하나인가 생각했다. 이런 일들이 창작하는 힘이구나 생각했다.

황동규 시인은 비교적 눌변이다. 가끔은 말을 조금씩 더듬으며 할 때도 있는데 그것이 오히려 능변보다 매력적이다. 초청 강연에서도 가끔씩 틀린 말을 해서 좌중을 웃기기도 하는데, 예의 영대 신문사 주최 강연회에서도, 무언가 말의 실수가 있었던지 좌중에서 웃음이 일었다. 그러나 황동규 시인은 조금도 당황하지 않고 '내 이럴 줄 알았지' 하는 유머러스한 제스처로 위기를 받아넘겼다. 그런 일이 시인이게만 허용되는 아름다운 실수 아닌가?

황동규 시인이 여행을 좋아하는 것은 아는 사람은 다 안다. 해외여행도 그렇지만, 국내여행도 그 못지않게 좋아해서 방학만 되면 승용차를 몰고 여행을 다닌다고 들었다. 한번은 황동규 시인과 대구의 몇 시인이 서너 대의 승용차에 분승하여 경주를 간 일이 있다. 마침 나의 집사람이 운전을 했는데 비교적 운전이 순탄했다. 황동규 시인의 말, "이선생 부인의 운전 솜씨가 보통이 아닌데요" 한다. 내가 그 말을 받아서

"예, 운전은 잘합니다" 했더니 즉시 나에게 황동규 시인이 "이선생, 운전은 잘합니다, 가 아니라 운전도 잘합니다, 로 고쳐야 해요" 했다. 우리는 한바탕 크게 웃었다.

요즘 학생들은 시를 외지 않는다. 시를 읽기는 하지만 시를 욀 생각을 하지 않는다. 오세영 시인의 말에 의하면 해마다 하는 신입생 면접 때, 그것도 서울대 국문과 지망생의 면접 때, 시를 외울 수 있는 만큼 외워보라는 질문을 던지면, 시 한 편은커녕 석 줄도 온전히 외는 사람이 없다는 것이다. 우리는 그 말을 들으면서 개탄했지만, 나는 그 말을 들은 후, 내가 가르치는 학교의 문예창작론 시간에 학생들이 반드시 시를 한 편씩 외우는 시험을 치르기로 했다. 처음에는 아주 어려워하던 학생들도 조금 지나면 곧잘 시를 외운다. 심지어는 황지우의 「연혁」이나 「활로를 찾아서」와 같은 난해하고 긴 시들까지 척척 외운다. 그런데 이 외우는 시험에 학생들이 가장 많이 들고 나오는 시가 황동규 시인의 「즐거운 편지」다. 이 시는 실상은 즐겁지 않은, 무언가 애환과 슬픔이 깃든 시인데 제목이 '즐거운 편지'이고, 솔바람 소리 같은, 혹은 도랑물 흐르는 소리 같은 정감이 돌돌돌 묻어나는 시이기에 대다수의 학생들이 이 시를 택한다. 말하자면 선택되는 시가 어떤 특정 작품에 편중된다. 나는 할 수 없이, 이듬해부터는 시 외우기를 시험하면서, 황동규 시인의 「즐거운 편지」는 제외한다고 선언하기에 이르렀다. 정호승의 「사랑」, 이해인의 「여름일기」, 고은의 「문의마을에 와서」 등이 많이 선택되는데 가끔은 내 시 「열하를 향하여」도 선택되는 것을 보며 지금도 외는 시험을 부과한 것은 잘한 일이라는 생각을 한다.

1998년 가을에 시 전문 계간지 『시안』이 창간되었다. 나는 이 창간호에 오탁번 시인의 전화를 받고 계간 시평을 썼다. 여기에서 내가 취급한 시는 황동규의 「버클리 풍의 사랑 노래」, 안도현의 「바닷가 우체국」, 장석남의 「왼쪽 가슴 아래께에 온 통증」, 함민복의 「귀향」, 김영남의 「동행」이었다.

이 글에서 나는 황동규 시인의 「버클리 풍의 사랑 노래」를 이렇게 평했다.

> 황동규의 「버클리 풍의 사랑 노래」에는 끊임없이 새로워지려고 하는 시인의 노력과 기법의 갱신에 대한 집착이 배어 있다. 그는 비애를 환희로, 슬픔을 즐거움으로 대치시키는 묘한 재주를 갖고 있다. 「비가」에서 출발한 그의 시가 사십 년의 시력을 통해 이제 비애를 환희로, 슬픔을 즐거움으로 대치시킬 수 있게 되었다는 것은 우연이 아니라 시를 쓰면서 얻은 깨달음과 방법적 자각이라 해야 할 것이다.

그의 시는 그의 시를 바라보는 많은 사람들에게 방법적 전환을 묵시적으로 일깨워온 바 있다. 그가 「삼남에 내리는 눈」에서 "왕 뒤에 큰 왕이 있고/큰 왕의 채찍"이라고 노래했을 때 독자들은 그의 큰 목소리에 겸허해했고, 「나는 바퀴를 보면 굴리고 싶어진다」에서 "자전거 유모차 리어카의 바퀴/마차의 바퀴/굴러가는 바퀴도 굴리고 싶어진다"라고 노래했을 때 그는 남들이 잊고 있는 일상, 그것이 너무도 일상적인 것이기 때문에 잊고 있을 수밖에 없는 사상(事象)들을 단숨에 일깨우고 환기시켜줌으로써 시에 있어서의 감각의 갱신을 보여주었던 것을 우리는 기억한다. 그는 지금도 그의 감각의 갱신을 위해 많은 여행을, 많은 사람을, 많은 풍경을 체험하거나 만나고 있지만 그 일환으로 씌어진 「버클리 풍의 사랑 노래」는 지금까지 쓰고 있는 그의 시들 가운데서도 특별한 분위기와 즐거움으로 읽히는 시이다.

그가 이 시에서 하는 이야기는 기껏해야, 꽃꽂이, 벽에 그림 달기, 설거지, 수돗물 틀기, 접시 씻기이다. 혼자서 하는 외국에서의 생활을 소재로 한 시인지라 그러한 소도구들의 병치는 필연적이다. 그러나 이 시의 특별한 즐거움 혹은 재미는 그 다음 구절, "겨울비 잠시 그친 틈을 타/바다 쪽을 향해 창 조금 열어놓고/우리 모르는 새/언덕 새파래지고/우리 모르는 새/노란 유채꽃이 땅의 가슴 언저리 간질이기 시작했음을/알아내는 것/겁 없이"라고 기발하게 노래한 데 있다. 계절과 자연의 변화, 혹은 봄 오는 소리를 그같이 표현한 것인데, 그것을 "노란 유채꽃이 땅의 가슴 언저리 간질이기 시작했"다고 표현하고 그것을 알아내는 것조차 "겁 없는" 일이라고 말하고 있다. 발랄하고 감각적이다. 진지함은 엄숙한 감정을 불러일으키는 데 효과적이지만 재치와 감각적 언어는 경쾌하고 즐거운 감정을 불러일으키는 데 효과적이다. 그랬을 때 황동규의 시를 두고 '왜 고민이 보이지 않느냐?'라고 말하는 것은 오히려 트집에 불과하다. 그는 사물과의 끊임없는 대화를 통해 사물의 감정을 읽고 그 감정을 독자에게 전달하는 통역행위를 시를 통해 간단없이 시험하고 있다.

내 그대에게 해주려는 것은
꽃꽂이도
벽에 그림 달기도 아니고

사랑 얘기 같은 건
더더욱 아니고
그대 모르는 새에 해치우는
그냥 설거지일 뿐,
얼굴 붉은 사과 두 알 식탁에 앉혀두고
간장병과 기름병을 치우고
수돗물을 시원스레 틀어놓고
마음보다 시원하게,
접시와 컵, 수저와 잔들을
물비누로 하나씩 정갈히 씻는 것,
겨울비 잠시 그친 틈을 타
바다 쪽을 향해 창 조금 열어놓고,
우리 모르는 새
언덕 새파래지고
우리 모르는 새
노란 유채꽃이 땅의 가슴 언저리 간질이기 시작했음을
알아내는 것
겁 없이.

—「버클리 풍의 사랑 노래」 전문

나는 지금도 내가 시를 가르치는 학생들에게 고은, 신경림, 황동규, 오규원, 정현종, 김명인, 정진규, 김광규, 이하석, 황지우, 이성복, 함민복, 장석남, 안도현, 유용주, 박용하, 박상순 등의 시를 자주 논외하는데, 그 가운데서도 황동규의 시를 비교적 자주 논외하는 편이다. 황동규 시인의 시의 논의는 대개 이런 흐름이다.

서양문학을 통관할 때 대체로 크게 두 가지 흐름을 볼 수 있는데, 그 하나는 문학이 완성된 작품일 때 오는 일종의 카타르시스를 작품을 통해 직접 맛보는 것이고 다른 하나는 비록 작품이 완성되지 않았다 하더라도 작품을 창작하는 과정에서 예술가로서의 진지함과 만족감을 맛보는 것이다. 전자는 아리스토텔레스적인 예술의 완성을 추구하는 일이고 후자는 롱기너스(Longinus)적인 예술의 과정의 중요성 인식을 요구할 때이다. 우리가 한 편의 작품을 통해 카타르시스를 얻으려면 작품의 결말에 도달해야 하지만 엑스터시(Ecstasy)를 얻는 과정으로서의 예술에서는 작품의 완성이 아니라 작품의 허두부터 엑스터시를 얻을 수 있다. 카타르시스는 드라마에서 얻을 수 있는 정신의 정화작용이고 엑스터시는 서정시에서 얻는 도취감이나 황홀감이다. 서정시에서는 그 한 편을 반드시 다 읽어야 황홀감을 얻을 수 있는 것이 아니라 첫 행이나 둘째 행만 읽어도 그것은 온다. 이 시를 보자.

봉준이가 운다, 무식하게 무식하게
일자무식하게. 아 한문만 알았던들
부드럽게 우는 법만 알았던들
왕 뒤에 큰 왕이 있고
큰 왕의 채찍!
마패 없이 거듭 국경을 넘는
저 보마(步馬)의 겨울 안개 아래

부챗살로 갈라지는 땅들
포들이 땅의 아이들처럼 울어
찬 눈에 홀로 볼 비빌 것을 알았던들
계룡산에 들어 조용히 밭에 목매었으련만,
목매었으련만, 대국낫도 왜낫도 잘 들었으련만,
눈이 내린다. 우리가 무심히 건너는 돌다리에
형제의 아버지가 남몰래 앓는 초가 그늘에
귀 기울여 보아라, 눈이 내린다, 무심히.
갑갑하게 내려앉은 하늘 아래
무식하게 무식하게

—「삼남에 내리는 눈」 전문

이 시는 시인의 중·후기, 「전봉준」 「태평가」 「열하일기」 등을 쓸 시기에 나온 작품이다. 시의 내면에는 모종의 민족적 수치와 비애감, 약한 민족의 슬픔 같은 것이 배경에 깔려 있다. 시의 표면에도 대국낫, 왜낫, 왕 뒤의 큰 왕, 보마의 겨울 안개, 봉준이 등을 등장시키지만, 나는 그런 표면적인 용어를 들어 이 시를 반드시 역사의 한과 적의로만 읽지 않는다. 이 시를 나는 실상 무거운 내용을 담고 있으면서도 경쾌하게 읽힐 수 있는 시, 한스러움도 때로는 멋으로 읽힐 수 있는 시의 모범으로 꼽는다. 내용을 따라가다보면 더러 행과 행, 어휘와 어휘가 단절되는데 그것은 시인이 시 읽기의 재미와 멋을 위해 고의로 기교를 부린 것이다. "포들이 땅의 아이들처럼 울어"와 "찬 눈에 홀로 볼 비빌 것을 알았던들"도 그러려니와, "계룡산에 들어 조용히 목매었으련만,/목매었으련만, 대국낫도 왜낫도 잘 들었으련만/눈이 내린다" 등이 그 예이다. 그러나 그러한 단절은 일종의 시의 기법이자 멋이다. 시를 읽을 때, 시행의 단절 때문에 앞 행과 뒤 행이 해석상 연결이 어려우면 그런 부분을 뛰어넘으면 된다. 이 시의 이러한 해석의 어려움은 리듬이 다 해결해준다. 여러 번 읽으면 리듬을 탈 수 있고 그 리듬을 따라갈 수 있으면 이 시의 읽기는 거의 완전에 이른 것이 된다. 나는 내가 읽는 방식대로 읽고 학생들에게도 그런 읽기를 권유한다. 그것은 이 시 읽기의 절대적 방법은 아니라 하더라도 나대로의 시 읽기의 방편이기에 이 방편을 권유하는 것이다.

황동규 시인이 여러 번 말했듯이 지금 그는 구체시를 지향하는 듯하다. 추상을 피하고 구체적으로 쓰라. 사물이면 사물, 사람이면 사람, 구체적으로 드러내야 한다. 그 구체성 가운데 시가 놓여 있고 '제시의 시(suggestive poem)'가 놓인다. 그러나 사물시(physical poetry)는 시를 드라이하게 만드는 위험이 있지만 황동규의 구체시는 기묘한 여운과 리듬을 깃들이기 때문에 현실의 사물이면서도 현실을 벗어난 '시 속의 사물'로서의 기능을 함께한다. 그것이 황동규 시인의 시의 특장(特長)이고 매력이다.

몸 한구석에 감출 수 없는 고민을 지니고
병장 이하의 계급으로 돌아다녀보라
김해에서 화천까지
방한복 외피에 수통을 달고

—「태평가」 중에서

황동규 시인이 쓴 어떤 글에서, 몸이 아플 때나 불길한 일들이 예감될 때는 꼭 군대 시절 꿈을 꾼다고 한 글을 읽은 적이 있다. 만일 그것이 사실이라면 그런 점이 나와 꼭 빼닮은 것 같다. 나는 스물일곱 살, 비교적 늦은 나이에 군대에 가서, 원주, 횡성의 산과 골짜기를 얼룩무늬 작업복과 국방색 작업화를 신고 강원 일대를 누볐다. 새벽 눈보라를 맞으며 동초(動哨)도 섰다. '일등병 놈이 왜 이리 점잖지?' 하는 고참들 등살에 이유 없이 쥐어박히기도 했고, 행동이 굼뜨다고 완전 군장에 연병장 스무 바퀴를 돌기도 했다. 눈 내린 연병장 귀퉁이에 불려나가 영문 모르는 '빳다' 도 맞았다. 그러나 원한은 없다. 오히려 그때가 새록새록 그리울 때도 있다. 아, 미운 스물일곱의 원주, 횡성, 그 배고프고 을씨년스럽던 깡통 계급장 시절……

황동규(1938~)
평남 숙천에서 태어나 서울대와 동대학원 영문과를 졸업했다. 1958년 『현대문학』에 시 「시월」 「즐거운 편지」 등이 추천되어 등단했다. 시집 『어떤 개인 날』(1961), 『비가(悲歌)』(1964), 『삼남에 내리는 눈』(1975), 『나는 바퀴를 보면 굴리고 싶어진다』(1978), 『미시령 큰바람』(1993) 등이 있다. 현대문학상(1968), 한국문학상(1980), 대산문학상(1995), 미당문학상(2002)을 수상했다.

서정적 모더니스트_박남수

박남수군, 이 불가사의의 리듬은 대체 어디서 오는 것이리이까. 음영과 명암도 실로 치밀히 조직되었으니 교착(膠着)된 자수(刺繡)가 아니라 시가 지상에서 미묘히 동작하지 않는가. 면도날이 반지를 먹으며 나가듯하는가 하면 누에가 뽕잎을 삭이는 소리가 납니다. 무대 위에서 허세를 피우는 번갯불이 아니라 번갯불도 색실같이 고운 자세를 잃지 않은 산번갯불인데야 어찌하오. 김군의 시의 '인간적' 인 것에서 이러한 기법이 생겼소. 시선(詩選)도 이렇게 기쁠 수 있을 량이면 이 밤에 내가 대백(大白)을 기울여 취할까 합니다.

정지용이 쓴 1939년 11월 『문장』지 선후평이다. 시의 제목이 명기되지 않아 어느 시를 두고 말한 것인지는 확실치 않으나 아마도 박남수의 「초롱불」에 대한 평이 아닌가 싶다. 1939년 11월호 『문장』에 박남수는 두 편의 시 「주막」과 「초롱불」을 내어서 정지용의 추천을 받는데

선자의 말을 보아 「초롱불」에 대한 평으로 보아 무리가 없을 듯하다. 그리고 이 시선평에 나오는 '김군' 역시 누구를 지칭하는지가 분명하지는 않지만 같은 시기 『문장』 추천을 받은 시인 김종한(金鐘漢)이 아닌가 싶다.

김종한은 박남수가 등단하기 전에 손수 만든 시집 『초롱불』을 읽은 뒤 이렇게 쓴다.

> 나는 양부(兩父)를 모시는 사람이다. 의사였던 양부는 십 년 전에 돌아가시고 지금 또 생부가 돌아가셨다. 눈물이 도무지 나지 않는다. 나는 그날 밤에 밤을 새워가며 박남수 시집 『초롱불』을 읽었다. 중역형(重役型)이고 법학생인 남수군의 어느 곳에서 이런 부드러운 시가 나는 것일까? (……) 눈물이 아니 나오고 나는 울었노라. 아름다운 혼이란 것이 이렇게 감사한 것일까. 나는 출판 축하회를 열 것을 박군에게 약속하였다.

김종한으로서는 생부를 잃은 것보다 시가 더 '눈물 없는 울음'을 울게 했던 것 같다. 이런 것으로 보아 시의 감동이란 때로 생사보다 더 진한 것이 되기도 하는 모양이다.

> 별 하나 보이지 않는 밤하늘 밑에
> 행길도 집도 아조 감초였다
>
> 풀 짚는 소리 따라 초롱불은 어디를 가는가
> 산턱 원두막일상한 곳을 지나

끊어진 옛 성터일쯤 한 곳을 돌아

흔들리는 초롱불은 꺼진 듯 보이지 않는다

조용히 조용히 흔들리는 초롱불……

—「초롱불」 전문

나는 박남수 시인을 생전에 세 번쯤 만났다. 그러나 한 번도 말을 나눈 적은 없다. 개별적인 만남이 아니었기 때문이기도 하지만 그는 여간해서 말을 하지 않는다. 더욱이 후배들에게는 필요 이상으로 말을 아낀다. 그러나 그것이 지어서 하는 일인 것 같지는 않고 천성에서 우러나온 습관인 것 같았다. 그런 점, 할말이 있어도 꾹 참고 웃음으로 대신하는 시인이 박남수라는 인상을 나는 갖고 있다.

박남수 시인을 내가 처음 만난 것은 1974년 가을, 경주 다보호텔에서 열린 한국시인협회 세미나에서이다. 일박 이일을 원로에서 신인에 이르는 시인들이 함께 지내면서 식사와 술자리를 같이하고 총회와 세미나를 같이 했으면서도 나는 박남수 시인이 말하는 것을 본 일이 없다. 그러나 그의 얼굴에는 늘 웃음이 가득했다. 반가우면 한번 웃어주는 것, 그것이 박남수 시인으로서는 가장 큰 예의요, 친화감의 표시인 듯했다. 두번째 만남은 옛날 박목월 선생이 하던 『심상』 사무실로 기억되는데, 화가요 시인인 김영태를 따라 처음 들른 그 사무실에 박남수 시인이 먼저 와 있었다. 나로서는 두번째 만남이지만 선생으로서는 나를 알아보지 못했기에 나는 허리를 꺾어 인사를 하고 다보호텔 시협 세미나에서 만났었노라고 말했더니 박남수 시인은 그제야 희멀건 웃음을 띠며 나에게 손을 내밀었다. 그 웃음은 마치 황소가 햇볕 아래서 기지개를 켤 때의 웃음이라고나 할까? 그러나 역시 말은 하지 않았다. 나는 마침 내가 가진 박하 냄새 나는 담배, '살렘' 인가를 한 갑 시인에게 드렸고 그는 말없이 담배를 받았다. 그는 고맙노라고 말하는 대신 또 한번 빙긋 웃기만 했다. 세번째는 어느 지방, 정확하지는 않지만 포항이나 경주쯤인 듯한데, 무슨 행사 끝이라 많은 시인들이 모인 가운데 술이 한 순배 돌고 나서, 포항의 손춘익이 박남수 시인에게 공격적인 언사로 말했다.

"듣자니 선생님이 미국으로 이민을 가신다는데 사실입니까?"

시인은 아무 말을 하지 않았다. 다시 손춘익이,

"선생님 같은 원로 시인이 모국을 버리고 이민을 가신다면 우리나라의 위신은 어찌 되는 겁니까, 이민은 절대로 가시면 안 됩니다."

운운이었다. 그래도 박남수 시인은 한마디도 대꾸하지 않았다. 본래 말이 없는 분이어서이기도 하려니와, 후배의 공격적인 언사에, 이민을 간다든지 혹은 안 간다든지, 가야 한다면 가야 하는 이유를 설명한다든지 하는 등의 어떤 응답이 있어야 하는데도 끝내 시인은 말을 하지 않았다. 그러나 시인은 결국 미국 이민을 가고 말았다. 자녀들이 미국에 산다든가 하는 소문을 훗날 듣기도 했지만 아마도 그의 과묵한 성격에 월남한 한국살이가 힘겹고 싫었던지도 모를 일이다. 남한 군사정권의 날 선 정치가 시인에게는 안 맞았을지도 모를 일이다.

박남수 시인의 시는 일찍부터 중·고등학교 교과서에 실려 있었기 때문에 독자들에게 널리 알려져 있었지만, 나는 1970년대 초반, 그의 시가 실린 국어교과서를 통해 다음의 시를 읽게 되었다.

외로운 마을이
나긋나긋 오수에 졸고

넓은 하늘에
솔개미 바람개비처럼 도는 날

뜰 안 암탉이
제 그림자 쫓고
눈알 또락또락 겁을 삼킨다.

—「마을」 전문

어디나 있을 법한 시골, 고향 마을의 풍경이다. 닭들이 모이를 쪼고 하늘에는 솔개미가 모이 쪼는 닭을 노리는 정경은 한국의 농촌 어디에서나 쉽게 볼 수 있는 한 장의 전원 풍경이다. 아마도 서울살이를 하던 시인이 옛날 고향의 어느 마을의 봄 정경을 떠올리며 쓴 시가 아닌가 싶다. 박남수 시인의 고향은 평양이니 평양의 마을을 읊은 것은 아니라 하더라도 이런 풍경은 한국의 농촌이면 어디건 쉽게 만날 수 있는 전형적인 한국의 시골 마을 풍경이다. 그처럼 시인의 시는 서경(敍景)과 서정의 조화로 출발했다. 1940년 일본 주오 대학 재학 시절에 손수 만든 시집 『초롱불』이 그의 시작의 출발이긴 하지만 사실은 그보다 훨씬 앞선 1932년 『조선중앙일보』에 시 「삶의 오료(悟了)」를 발표했으니, 그의 출생이 1918년임을 생각하면 열네 살 때 벌서 공인된 기관에 시를 발표한 셈이고 그런 점을 감안하면 박남수 시인은 우리 시단에서 가장 어린 나이로 문단활동을 시작한 시인이 되는 셈이다. 물론 시인은 1939년과 1940년에 다시 정지용을 통해 『문장』으로 재등단하는 과정을 거친다. 위의 「초롱불」과 「마을」도 『문장』 추천을 거친 작품이다.

내가 박남수 시인의 시를 좋아하게 된 것은 기실 「마을」 때문이 아니다. 나는 대학 이학년 봄에 『사상계』에 연재되는 송욱의 「시학평전」을 읽고 송욱의 날 선 평필(評筆)이 김소월을 깎아내리는 데 가슴이 아파 『사상계』 독자 투고란에 '송욱의 김소월 평'을 반박하는 짤막한 글을 실은 일이 있고, 같은 해 가을에 조태일이 경희대 학보에 쓴 평론(제목은 기억이 안 나지만 내용은 기억할 수 있는데, 조태일의 논조는 대체로 한국의 시는 서구 시의 차용, 차용을 넘어 창녀시라는 내용)에 대해 반박문을 써서 같은 지면에 발표한 일이 있다. 그때 나는 본격적으로 시 이론 공부를 하고 있었는데, 그때 즐겨 읽던 시 가운데 하나가 박남수의 시집 『신의 쓰레기』였고 그 가운데서도 특히 좋아해서 거듭 읽었던 시가 「새」 연작이었다.

나의 내부에도
몇 마리의 새가 산다
은유의 새가 아니라
기왓골을
쫑,
쫑,

쫑,

옮아 앉는

실재의 새가 살고 있다

하늘의 병풍 뒤에

뻗은 가지, 가지 끝에서

포롱

포롱

포롱

튀는

천상의 악기들

—「종달새」 중에서

나는 그 당시, E.E 커밍스나 기욤 아폴리네르의 형태주의 시를 보았고 조향의 과격한 시의 형태 실험을 눈여겨보고 있을 때인데 너무도 소박한 시 「마을」을 쓴 서정시인이 위와 같은 형태시를 쓴 것을 보고 적이 놀랐다. 특히, "하늘의 병풍 뒤에/뻗은 가지 끝에서/포롱/포롱/포롱/튀는/천상의 악기들"에서 나는 그 지적인 귀, 새의 뛰는 모습을 "포롱 포롱 포롱"이라는 소리로 듣고, 그것을 "천상의 악기들"이라 하는 공감각을 사용한 데서 감탄을 금치 못했다. 시인은 실지로는 없는 천상의 악기 소리를 새를 통해 듣고 있는 것이다. 울리지 않는 악기의 현을 마음으로 듣는 것이다. 언어의 건반 소리를 들으며 시를 쓰고 있는, 그때까지 만나지 못한 시인의 모습을 나는 상상으로 만나고 있었다. 그때 내 상상 속에 들어온 시인의 모습은 매우 정갈하고 날렵한, 야위고 날카로운 모습의 시인이었다. 그러나 내 상상은 틀린 것이었다. 박남수 시인의 모습은 실제로는 둥글고 넉넉하고 풍모가 넘쳤다.

천상의 갈매에서
부어내리는
순금의 별은
다시 하늘로 회수하지 않는
신의 쓰레기

아침이면
비둘기가 하늘에
구
구
구
굴리면서
기억의 모이를
쫓고 있다
다사한 신의 몸김을
몸에 녹히면서

신의 몸김을
몸에 녹히면서

하루만큼씩 밀려서 버려지는
무엇인가 소중한 것을
시인들도 종이 위에 버리면서
오늘도 다시
하늘로 귀소하는 비둘기

―「신의 쓰레기」 전문

이 시는 매우 관념적이다. 보이지 않는 신을 이야기하고 신이 버린 쓰레기를 이야기하지만 그 쓰레기는 실상은 쓰레기가 아니라 햇볕이다. 햇볕의 투명하고 맑은 몸빛을 신이 버린 쓰레기라고 말하고 있다. 시에 등장하는 주요 소재는 햇볕, 비둘기, 시인데 이 세 가지 주요 소재를 시인은 일상적 어법으로 쓰지 않고 있기 때문에 독자의 이해에는 많은 장애를 일으킨다. 신이 버린 쓰레기인 햇볕, 기억의 모이를 쪼는 비둘기, 소중한 것을 종이 위에 버리는 비둘기가 상상의 진폭 속에서 하나의 풍경으로 용해되기까지는 읽는 사람으로서는 많은 훈련이 필요하다. 말하자면 관념시 혹은 형이상시에의 훈련이다. 이런 시는 고급한 시를 즐기는 독자에게만 즐겁게 읽힐 수 있다. 박남수 시인은 그런 점에서 고급한 시를 쓴 시인이다. 그런 만큼 박남수 시인은 우리 시의 지평을 넓힌 시인이다.

1999년 영남대 대학원 국문학 석사논문인 이종옥의 『박남수 시 연구』에 따르면 박남수 시인은 일본 유학 시절에 고서점을 찾아다니며 일본 좌익 작가들의 작품을 탐독하였고 일본 잡지에 시와 수필을 발표하던 장수철과 사귀면서 도스토예프스키의 작품에 매료되었다고 한다. 그러다가 일본의 문예지들, 『시와 시론』『문학』『시법』 등 계간지를 계속 구해 읽으면서, 하루야마 유키오(春山行夫), 무라노 시로(村野四郎), 미요시 타쓰지(三好達治) 등의 문학에 심취했다 한다. 그런 뒤 미국에서 돌아온 수필가 한흑구를 만나면서 제임스 조이스, 버지니아 울프, 올더스 헉슬리 등과 쉬르레알리슴, 이미지즘 등의 시에 흥미를 느낀다. 그랬기에 박남수 시인이 한국의 모더니스트인 정지용이나 김기림에 관심을 갖게 된 것은 자연스러웠다고 할 수 있다.

풍모로는 날카롭다거나 재능이 넘치는 모습이 아닌 그저 넉넉하게만 보이는 시인, 박남수. 그와 가까이 지냈던 김광림 시인의 말을 빌리면, 그는 인간적인 실수를 한 번도 보인 적이 없는 시인이란다. 실수를 한 번도 보인 적이 없다는 것이 흠이라면 흠이 된 시인이란다. 그런 시인의 시가 초기의 서경적 서정시에서 벗어나 형태를 가진 실험시, 내용에서의 주지시에 이른 도정은 우리에겐 궁금증 중의 하나이지만 스스로는 당연한 귀결이었는지도 모른다.

-포수는 한 덩이 납으로
그 순수를 겨냥하지만

매양 쏘는 것은
피에 젖은 한 마리 상한 새에 지나지 않는다

—「새」 중에서

이 시처럼 그의 사유는 마침내 관념의 과녁을 뚫고 생의 깊은 철학에 닿은 것이다. 이 시가 외형처럼 단순하게 포수, 납, 새에 비유된 것이 아닌 더 깊은 생철학을 말하는 것임은 조금만 시 깊이 읽기에 훈련된 독자라면 금방 알 수 있을 것이다.

박남수(1918~1994)
평양에서 태어나 일본 주오(中央) 대학을 졸업했다. 1939년 『문장』에 「마을」 「주막」 「초롱불」 등이 추천되어 등단했다. 『초롱불』(1940), 『갈매기 소묘』(1958), 『신의 쓰레기』(1964), 『새의 암장(暗葬)』(1970) 등의 시집을 펴냈다. 아세아자유문학상(1957), 공초문학상(1993)을 수상했다.

절대 고독을 탐구한 시인_김현승

김현승 시인의 약력을 보면 1913년 광주 출생, 평양 숭실전문학교 입학, 1934년 동아일보에 시 「쓸쓸한 겨울 저녁이 올 때 당신들은」으로 작품활동 시작, 시집으로 『김현승 시초』 『옹호자의 노래』 『견고한 고독』 『절대 고독』 등이 있고 1975년 고혈압으로 별세한 것으로 되어 있다. 그렇다. 한 시인의 생애, 아니 한 인간의 생애는 때로는 이보다 더 축소될 수도 있다. 그러나 그의 심사에 부딪힌 금은의 마음들은 시에서밖에 더 찾아볼 길이 없다.

김현승 시인의 등단은 대체로 1934년으로 보는 것이 상례다. 김현승 시인의 아버지 김창국은 본래 광주 사람이지만 젊은 시절 평양 신학교에서 목사수업을 한 사람이다. 김현승 시인은 아버지가 목사수업을 할 때 태어났고 아버지가 다시 고향인 광주로 가서 양림교회를 창건하여 목회활동을 하던 일곱 살 때 광주로 와서 이곳서 소년 시절을 보낸다. 중학을 광주에서 보낸 김현승 시인은 다시 평양으로 가 숭실전문

문과에 입학했고 이 학교 재학 시절, 교지에 투고한 시 「쓸쓸한 겨울 저녁이 올 때 당신들은」이 양주동의 인정을 받아 동아일보 1934년 3월 25일자에 발표된다. 이것이 공식적인 김현승 시인의 문단 등단의 과정이다.

그러나 이 약력만을 김현승 시인의 문단 등단으로 보는 데는 다소 무리가 있다. 왜냐하면 그의 작품활동은 이보다 약 오 년이 앞서기 때문이다. 김현승 시인의 문단활동의 시작은 정확하게는 1929년 『조선시단』 제8호이다. 김현승 시인은 이 잡지에 「비애」 「깁븜」 「경험」 등 세 편의 시를 발표한다. 『조선시단』은 상아탑이라는 호를 가졌던 시인 황석우가 주재한 시전문 잡지로 김억, 김동환, 주동원, 박복순, 황석우 등이 시를 발표했고, 프로 계열 문인이었던 이익상, 염상섭, 박팔양 등이 필진이 되어 황석우에 대한 인물평과 작품을 싣기도 했다. 김현승 시인이 『조선시단』 제8호에 발표한 시를 문단 출발로 보지 않고 1934년 동아일보에 발표한 시를 시단활동의 출발로 보는 이유는 아마도 『조선시단』에 실린 이 세 편의 시가 본격적인 작품이 아니라는 이유에 근거한 것이거나 아니면 『조선시단』에 발표한 작품을 기억하지 못하는 사람들이 대부분이기 때문이기도 하겠지만, 본격적인 작품활동 여부를 보는 시각은 사람마다 다를 수 있어 김현승 시인의 문단활동은 이 세 편의 작품부터로 보는 것이 좋을 듯하다.

삶의 저류—
공기와 갓다
그대가 인생을 쓰려거던

제일 대지를 어떻게 꾸미려는가

—「비애」 전문

1929년 『조선시단』 제8호에 발표한 세 편 가운데 첫 작품인데 비교적 소품이다. 나머지 두 편도 4행을 넘지 않는 소품이다. 이 작품들을 습작으로 보는 사람들이라면 이를 김현승 시인의 본격활동에 넣지 않으려는 경향을 이해할 수도 있다. 그러나 이 세 편의 시가 공히 삶, 비애, 인생 등 사유의 깊이를 내포하고 있어 시인의 문학적 전초로서의 신호로 보아도 무리가 없을 듯하다.

꿈을 아느냐 네게 물으면
플라타너스,
너의 머리는 어느덧 파아란 하늘에 젖어 있다

너는 사모할 줄을 모르나
플라타너스,
너는 네게 있는 것으로 그늘을 늘인다

먼 길에 올 제,
호올로 되어 외로울 제,
플라타너스,
너는 그 길을 나와 같이 걸었다

이제 너의 뿌리 깊이
나의 영혼을 불어넣고 가도 좋으련만,
플라타너스,
나는 너와 함께 신이 아니다!

수고론 우리의 길이 다하는 날,
플라타너스,
너를 맞아줄 검은 흙이 먼 곳에 따로이 있느냐?
나는 너를 지켜 네 이웃이 되고 싶을 뿐,
그곳은 아름다운 별과 나의 사랑하는 창이 열릴 것이다

—「플라타너스」 전문

나는 시에 관심을 갖기 시작했던 소년 시절에 김광섭의 「마음」과 김현승의 「플라타너스」를 좋아해서 시간이 나면 이 시들을 외웠다. 서점을 가려면 삼십 리는 걸어가야 하는 궁벽한 산골에서 중·고등학교를 다녔기에 나는 신문도 잡지도 구해볼 수 없었고, 따라서 교과서 외의 시를 읽을 기회를 갖지 못하는 소년 시절을 보냈다. 서점이래야 시골 중학교 교문 근처에 있는 문방구 서점, 그 서점에는 학습 참고서 정도가 전부였다. 고등학교는 읍내에 나가서 다녔는데 이때에도 문학에 도움이 될 만한 책을 접하거나 문학의 스승을 만나지 못하고 혼자서 생각하고 잡기장 조각에 시상을 적어두는 것이 전부였다. 1959년 봄에 4·19 의거가 일어나고 그해 10월에 고향의 읍에서 처음으로 예술제가 개막되었는데 나는 이 예술제에 참가하여 '아림 예술상' 을 받게 되었다. 내 고향은 경상남도 거창군 가조면이지만 고등학교는 거창읍에 있었고 거창의 옛 이름이 '아림(娥林)'이어서 예술제 이름도 '아림예술제'로 명명되었다. 고등학교 이학년이었던 나는 이 예술제의 백일장에 나가 「새」라는 제목으로 시를 썼는데 이 작품이 장원으로 뽑힌 것이다. 시 「새」는 우리가 염원하는 꿈과 무지개 같은 희망을 노래한 것이었는데, 그때 심사위원 중의 한 분이었던 신문제 선생(고려대 국문과 중퇴, 1996년 작고)은 나의 이 시를, 스스로가 목이 터지라고 외쳐 부르고 싶은 호곡으로 읽힌다고 평했다.

고등학교를 졸업하고 나는 등록금이 없어 한 해를 쉬었다가 대구에 있는 영남대로 진학을 했는데 여기서 현대문학, 특히 현대소설론을 강의하던 이재선 교수를 만나게 되었고, 그분과 함께 자주 문학이론을 이야기하게 된 것이 나로서는 본격적으로 문학을, 특히 문학이론을 공부하게 된 계기가 되었다. 나는 그전에 대구에서 활동을 하던 이재철 시인을 만나 그분으로부터 창작에 대한 열정을 키우기도 했는데, 이재철 시인으로부터 창작의 모티프를 얻었다면 문학이론에 대한 관심은 이재선 교수로부터 얻은 것이다. 그때 나는 문덕수 시인이 주관하는 『시문학』에 연구 작품이라는 제도가 있어 거기에 몇 번 투고를 했는데 거기에 투고되는 연구 작품들을 매섭게 꾸짖는 김현승 시인의 평을 따갑게 읽었다. 김현승 시인의 작품평은 칭찬이기보다는 대부분 채찍질이었다. 그때 '연구 작품'이라는 이름으로 투고되던 작품들에는 습작기에 있는 시인 지망생들이 스스로의 현학취를 감추지 못하고 깊이도 내용도 없는 단순한 수사적 차원의 '존재'나 '부재' 따위의 용어를 많이 쓰고 있었다. 이 점을 김현승 시인은 몹시 나무라는 평을 쓰고 있었다. 나는 그런 김현승 시인의 평을 읽다가 갑자기 그분에게 작품을 보내고 싶은 충동을 받았다. 그래서 「햇빛에게」 「늪의 노래」 등 몇 작품을 보내게 되었다. 그런데 생각지도 않게 김현승 시인으로부터 답장이 온 것이다.

나는 그때 대구에 기거할 방이 없어 이곳 저곳을 전전하고 다니던 시절이었는데 내가 작품을 보낼 때, 어쩔 수 없이 이재선 교수의 주소를 빌렸다. 그랬기에 김현승 시인의 답장이 이재선 교수에게로 온 것이다. 강의를 마치고 복도로 걸어가던 이재선 교수가 나를 부르더니, "어이, 기철, 자네한테 김현승 시인이 편지를 보냈더라!?" 한다.

나는 귀가 번쩍 뜨여 쫓아가 그 편지를 낚아채듯 받아들었지만 즉석에서 읽기가 가슴이 두근거려 편지를 가방에 넣어 혼자 운동장으로 나와 전나무 밑 벤치에 앉아 읽었다. 내용은 간단했다. 작품이 발전할 가능성이 있으니 좀더 열심히 공부하라는 정도의 내용이었다. 그러나 나는 기뻤다. 유명 시인으로부터 받은 첫 편지였기에 나의 기쁨은 더욱 큰 것이었다. 나는 그 편지를 오래오래 지니고 다녔다. 그러다가 언제 어디서 잃어버렸는지 지금은 기억에 없다.

나는 대학 사학년 때 군대를 갔다가 33개월을 복무하고 제대를 했다. 지금 목회활동을 하고 있다는 김신조 등이 청와대를 습격했을 때 나는 육군 상병이었다. 33개월 복무는 대한민국 육군 복무기간 중 가장 긴 복무기간이 아닌가 생각된다. 말하자면 김신조 덕분에 가장 긴 군대생활을 한 것이다. 제대를 하고 복학을 했는데 그해 여름 향토예비군 훈련을 사흘간 마치고 나는 서울 수색동에 있는 김현승 시인의 집을 느닷없이 방문했다. 수색동은 그때만 해도 서울의 가장 변방, 신개발지역이었다. 도로 정리도 채 안 된 수색동 김현승 시인의 집을 찾는 데는 예의 고향 친구 윤충묵의 힘이 필요했다. 윤충묵은 그때 벌써 조그만 자동차를 운전하고 있었기에 집을 찾는 데는 큰 힘이 되었다. 내가 찾아간 김현승 시인의 집은 새로 지어 아직 니스 냄새가 가시지 않은 반양옥 단층집, 건넌방에서는 피아노 소리가 들리고 있었다. 김현승 시인은 묻지도 않고 전기 주전자를 벽의 콘센트에 꽂고 커피 물을 끓였다. 그러면서 하는 말이,

"대구에 가면 대구역 앞에 산장다방이라고 있지요?"

하고 내게 물었다. 대학 사학년 가난뱅이 학생이 산장다방이 있음을 알 리 없어 나는 대답을 못 하고 묵묵히 시인의 말만 들었다.

"강연차 갔다가 그 집엘 들렀는데 그 집 커피가 그래도 괜찮아요" 하면서 "커피 맛을 감정하는 데는 나만한 사람도 없을 거예요" 했다.

나는 퍼뜩 생각했다. '아, 시인의 아호가 다형(茶兄)이었지' 라고. 이어서 시인은 보들레르 이야기를 길게 했고 그를 가장 뛰어난 시인이라고 격찬했다.

나는 지금도 김현승 시인을 한국의 발레리로 생각하는 버릇이 있다. 발레리, 「해변의 묘지」「테스트 씨와의 일야」 등을 낸 마지막 상징주의 시인. 그는 순수시의 보루였고 정신의 연금술사, 지성의 예찬자였다. 인간 정신의 순수의 단련이 어디까지 갈 수 있는가를 스스로 시험한 시인, 증류수 같은 정신의 순수를 꿈꾸었던 시인, 그래서 시를 기하학적 순수 정신으로 이끌고자 했던 예술가, 마침내 도저한 증류수 같은 정신의 순수에의 도달이 불가능함을 알고 십팔 년 동안이나 시를 버렸던 시인, 김현승 시인이 작은 체구에 깡마른 모습을 했다면 발레리도

그런 모습이 아니었을까 나는 상상한다. 그러면서 김현승 시인이 도달하고자 했던 시에의 염원도 발레리의 그것과 같은 것이 아닐까 나는 생각한다.

나는 이제야 내가 생각하던
영원의 끝을 만지게 되었다
그 끝에서 나는 하품을 하고
비로소 나의 오랜 잠을 깬다

내가 만지는 손끝에서
아름다운 별들은 흩어져 빛을 잃지만
내가 만지는 손끝에서
나는 무엇인가 내게로 더 가까이 다가오는
따스한 체온을 느낀다
그 체온으로 내게서 끝나는 영원의 먼 끝을
나는 혼자서 내 가슴에 품어준다
나는 내 눈으로 이제는 그것들 바라본다

그 끝에서 나는 나의 언어를 바람에 날려보내며
꿈으로 고이 안을 받친 내 언어의 날개들을
이제는 티끌처럼 날려보낸다

나는 내게서 끝나는

무한의 눈물겨운 끝을
내 주름 잡힌 손으로 어루만지며 어루만지며
더 나아갈 수 없는 그 끝에서
드디어 입을 다문다 — 나의 시는.

—「절대 고독」 전문

이 도저한 절대 고독. 얼마를 걸어서 한 시인은 영원의 끝을 만질 수 있는가? 잠을 깨고 흩어지는 별을 보고 어디에선가 내게로 오는 따스한 체온을 느끼고 그러고는 꿈으로 안을 받친 언어에 날개를 달아서 날려보내는, 이 지고하고 순수한 사유의 세계, 그런 수정같이 단단한 언어의 세계가 한 편의 서정시로 태어나는 일을 김현승 시인은 가을 마른 풀잎의 향기를 맡으며 쌓고 쌓았던 것이다. 「견고한 고독」 「보석」 「아버지의 마음」 「창」 같은 시들이 우연히 태어날 수 있었겠는가? 그것은 그의 학처럼 초연한 삶의 자세와 오랜 인내와 기다림에서 태어난 명편들이 아니겠는가!

김현승(1913~1975)
광주에서 태어나 숭실전문학교에서 수학하였다. 1934년 동아일보에 「쓸쓸한 겨울 저녁이 올 때 당신들은」을 발표하면서 등단했다. 시집으로 『김현승시초』(1957), 『옹호자(擁護者)의 노래』(1963), 『견고한 고독』(1968), 『절대고독』(1970), 『김현승 시선집』(1974) 등이 있다. 1973년 서울시문화상을 수상했다.

언어의 피륙_박목월

우리 세대가 대체로 그렇지만 김소월의 시를 읽다가 박목월의 시로 넘어가는 것은 일종의 순서였고 그만큼 그 순서는 자연스러운 길이었다. 박목월의 시에는 김소월이 다 말하지 못하고 남겨둔 소로가 있고 소로를 스치는 맑은 바람이 있다. 도란도란 흐르는 도랑물 소리가 있고 굽이 잦은 시골길이 있다. 박목월의 시는 의도적으로 비판하려면 그 비판을 면할 수 없는 나약함과 복고적인 풍경이 여기저기 서려 있지만, 그런 비판의 무장을 해제하고 선입견 없이 읽어가면 어느 한 편도 마음의 시냇물 소리를 내지 않는 것이 없다. 그런 점에서 '아무리 거친 언어도 박목월을 만나면 비단이 된다'는 말의 의미를 알게 된다. 「나그네」「윤사월」「청노루」 등은 옛날 교과서의 단골 시편들이었지만 「박꽃」「길처럼」「갑사댕기」「달무리」 등도 습작기의 문청들에게 필독 시였음은 6, 70년대 시인들에게는 공통된 사실이다.

그랬을 때 "술 익는 마을마다 타는 저녁놀"이라는 구절을 두고 트집을 잡아 그를 비하할 이유는 없다. 박목월이 『문장』에 정지용의 추천을 받고 시단에 나간 해가 1939년, 같은 때 정지용의 추천으로 문단에 나간 조지훈이 아직 박목월을 만나지 못함을 아쉬워하며 먼저 편지를 보냈다고 한다. 편지에는 「완화삼」의 한 구절도 동봉되었을 터.

차운 산 바위 위에 하늘은 멀어
산새가 구슬피 울음 운다.

구름 흘러가는
물길은 칠백 리

나그네 긴 소매 꽃잎에 젖어
술 익은 강마을의 저녁노을이여

이 밤 자면 저 마을에
꽃은 지리라

다정하고 한 많음도 병이양하여
달빛 아래 고요히 흔들리며 가노니

—「완화삼玩花衫」 전문

시의 부제로 '목월에게'가 붙어 있으니 이는 목월에게 보내기 위해 쓴 시가 틀림이 없다. 그야말로 다감한 시인들끼리, 그나마 나이 스물

안팎에 보내준 우정에 어찌 향기로운 답장이 없을 수 있겠는가? 그래서 답으로 보낸 시가 「나그네」였음은 모두가 아는 바와 같다. 「나그네」에도 '술 익는 강마을의 저녁 노을이여—지훈' 이라는 부제가 붙어 있지 않은가!

강나루 건너서
밀밭 길을

구름에 달 가듯이
가는 나그네

길은 외줄기
남도 삼백 리
술 익는 마을마다
타는 저녁놀

구름에 달 가듯이
가는 나그네

—「나그네」 전문

나는 습작기의 소년 시절에 이런 사연을 떠올리며 시를 읽고 시심을 키웠다. 좋은 시를 쓰는 일 못지않게 나는 그런 우정을 그리워했다. 그리하여 나는 고등학교 이학년 시절에 읽었던 스탕달의 『적과 흑』의 주인공 쥘리앵 소렐의 이름을 따서 친구들에게 보내는 편지에 내 이름을 쥘리앵 소렐이라고 붙여보기도 했다. 그것은 궁핍한 1950년대 말에 학창 시절을 보냈던 우리 세대의 기근과 갈증을 푸는 작은 방식이기도 했지만 무엇보다 아무도 문학을 심어주고 인도해줄 사람이 없던 시절의, 문학이라는 못물에 몸을 담근 어린 소년의 닿을 수 없는 꿈이기도 했다. 그러면서 나는 쥘리앵 소렐처럼 가난을 딛고 그 사회의 중심으로 진입하고 싶은 욕망, 손을 저어도 닿지 않는, 어림도 없는 신분의 변혁을 갈구해보기도 했고 조지훈과 박목월처럼 시로 화답하는 멋스럽고 풍류 넘치는 우정을 가져보고 싶어하기도 했다.

대학 국문과에 다닌다는 것으로 그런 꿈을 다 충족시킬 수 있는 것은 아니었다. 누군가가 고전(古典)은 고전(苦戰)이라고 말했듯이, 고전을 읽어야 하고 산술공식 같은 문법을 익혀야 했다. 나는 그런 과목들에는 등한했다. 시간만 나면 T.S. 엘리엇을 읽고 폴 발레리를 읽었다. 라이너 마리아 릴케를 읽고 쥘 쉬페르비엘을 읽었다. 그런 시간이 나에게는 유일하게 즐겁고 행복한 시간이었다. 그러던 어느 날, 은사 이재철 교수가 갑자기 나에게 전화를 걸어 "시 두 편을 들고 청운장 여관으로 오라"는 것이었다. 청운장 여관은 대구 중구 문화동에 있었다. 나는 그때, 지금은 이화여대 국문과 교수로 재직하고 있는 성기옥과 함께, 대구시 대봉동에 있는 이재철 교수의 서재를 열심히 드나들던 때였다. 거기서 나는 그분의 삼천 권은 넘어 보이는 장서를 마음대로 읽을 수 있었고 가끔은 그분의 일을 돕기도 했다. 그러나 느닷없이 작품 두 편을 들고 여관으로 오라니, 해괴하기도 하고 겁도 났지만 명령(?)을 거역할 수 없어 정리도 덜 된 시 두 편을 들고 여관을 찾았다. 거기서 나는 처음으로 박목월 시인을 만났다. 김동리와 홍기삼이 자리에 함께 있었다. 인사를 하고서도 나는 좌불안석(坐不安席), 몹시 불편한 자세로 묵묵히 그분들의 이야기를 들었다. 김동리, 당시의 한국문단의 가장 원로로 군림하던 소설가. 그러나 내가 본 김동리 선생은 매우 그릇이 작은 사람이 아닌가 하는 인상을 나에게 심어주었다. 내가 주로 박목월 선생의 이야기에만 귀를 기울이는 듯했던지, 그는 매우 신경질적인 반응을 보내곤 했다. 어차피 나는 시를 쓰려고 하는 문청이니 관심이 박목월 선생 이야기 쪽으로 기울 수밖에 없었다. 그것을 김동리 선생은 독자의 인기와 관련시키고 있는 듯했다.

방이 바뀌어 우리가 박목월 선생의 방으로 갔을 때, 이재철 교수가 내게 가져온 시를 내놓으라고 했다. 나는 주섬주섬 시 두 편을 가방 속에서 꺼내놓았다. 지금 생각하면 얼굴이 화끈거리는 일이지만 나는 이재철 교수의 말을 따랐다. 박목월 선생은 내 시를 천천히 읽더니 그때부터 시어 하나 하나를 지적하며 고치라고 했다. 어떤 것은 연필로 표시까지 해주었다. 돌아온 후 나는 그 시를 고치지 않았다. 그리고 그 시 두 편을 영원히 폐기시켰다. 그것을 완성할 만한 자신이 없었던지 모른다.

1972년 나는 『현대문학』 추천으로 등단을 했지만, 아무도 나를 알아주는 사람이 없었다. 1974년 경주 불국사 입구의 낡은 다보호텔에서 한국시인협회 세미나가 있었다. 그때 나는 등단 후 처음으로 많은 시인을 만났다. 박목월 시인이 시인협회 회장이었고 사무국장이 박재삼이었다. 박남수, 김춘수, 신동집, 김남조, 이영도, 박용래 등을 거기서 나는 처음 보았다. 김영태, 이유경, 오세영, 이건청도 만났다. 김영태는 장발에 라면머리를 하고 흰 바바리코트를 입고 있었다. 나는 김영태의 그 모습을 몹시 부러워했다. 식사를 하는 자리에서 박목월 시인이, "영태야, 영태야"라고 김영태를 부르는, 애정 섞인 호칭이 몹시 부러웠다. 김영태는 담배를 많이 피웠다.

세미나가 끝날 무렵, 김춘수 시인이 총평을 했다. 김춘수 시인은 이번 한국시인협회 세미나의 주제가 한국시의 현황과 전망인데, 발표된 주제들이 한국시와 한국 이론을 바탕으로 하지 않고 서양 이론에 의존하거나 서양 이론가의 이름을 남발했던 사실에 대해 매우 격한 어조로 충고했다. 그러고는 자신의 시에 대한 주장 — 독자들이 아무리 내 시를 이해하지 못하겠다고 해도 나는 내가 생각하는 시를 쓸 것이다. 내 시를 읽고 싶지 않으면 안 읽어도 좋다. 독자가 한 사람뿐이라 해도 나는 그런 것에 관심을 두지 않겠다 — 을 했다. 일종의 자신이 쓰는 난해시에 대한 신념의 표명이었고 독자들에겐 폭탄선언이었다. 신문들은 시인협회 세미나보다 김춘수 시인의 이 말을 더 크게 보도했다. 나는 그 세미나에서도 박목월 선생과 이야기할 시간을 갖지 못했다. 그리고 너무 많은 젊은 시인들이 박목월 선생을 에워싸고 있어 나 같은 애송이는 그 곁에 갈 수 없다는 허망함만 안고 돌아왔다. 그것은 그만큼 박목월 시인의 당시의 영향력이 커서 그런 것이려니 생각하면서.

고속도로를 오르지 않고 국도로 경주를 가면 월성군 건천면을 지난다. 나는 여길 지날 때마다 박목월 시인을 생각하고 그가 이 고장 출신이며 건천초등학교를 졸업했고 젊은 시절 이곳에서 농업협동조합 서기를 지냈다는 생각을 하곤 한다. 아화, 모량, 건천, 경주는 박목월 시인이 자란 고향의 지명이면서 그의 시에 자주 등장하는 마을 이름이기도 하다. 그래서 차에 같이 탄 지인이 조금이라도 문학에 대한 관심이 있는 사람이라면 건천초등학교 운동장에 들어가 차를 세우고 교정에 세워져 있는 박목월 시비를 보고 간다. 아니면 건천초등학교 자료실에 가서 시인의 학동 시절 사진과 그후의 활동한 자취를 사진으로 보고 간다. 때로는 차 안에서 시인의 시, 「청노루」에 나오는 자하산이 어디 있는지, 청운사가 어디 있는지 등을 생각한다. 그러나 그런 이름은 이 지역의 산에는 없는 이름, 시인이 상상의 힘으로 써본 이름임을 그뒤에 나는 알았다.

먼 산 청운사
낡은 기와집

산은 자하산
봄 눈 녹으면

느릅나무 속잎 피어가는 열두 구비를

청노루 맑은 눈에
도는 구름

—「청노루」 전문

나는 지금도 강의시간에 박목월 시의 언어와 형태에 대해 학생들에게 이야기할 때가 있다. 특히 그의 특수한 형태의 시는 「불국사」에서 볼 수 있다. 「불국사」는 시 전체가 설명이 배제된 시로서 리듬과 유포니(euphony)만으로 시의 미감을 전달하는 시다. 그렇다고 해서 이 시가 전달하려는 의미가 무엇인지를 모르는 사람은 아무도 없다. 형태와 리듬이 시의 의미를 대신해준다는 것을 말없이 보인 시, 그러면서 즐거움으로 읽히는 시의 전형이다.

흰달빛
紫霞門

달안개
물소리

대웅전
큰菩薩

바람 소리
솔소리

泛影樓
뜬그림자

흐는히
젖는데

흰달빛

紫霞門

바람소리

솔소리

—「불국사」 전문

흰 달빛, 물소리, 달안개, 바람 소리, 솔소리 등 낙음(樂音)만으로 씌어진, L음, R음 주류의 경쾌한 스켄션(율독)의 시다.

경주에 가면 지금도 박목월은 살아 있다. 곳곳에 박목월 시비가 서 있기 때문이다. 건천초등학교 교정, 황성공원, 보문호변에 목월 시비가 있다. 지금 경주문인협회에서 박목월, 김동리 문학관 건립이 추진중이다. 그는 이 지역을 빛낸 문인이자 한국시의 한 단계 상승을 도모한 서정시인이고 경주 돌은 다 옥돌일 때, 경주 시는 다 주옥이고 명편임을 증명한 시인이다. 그래서 경주의 시인이며 한국의 시인인 박목월. 평론가 이남호는 그런 연유로 박목월 재평가 작업에 박차를 가하고 있다. 아마도 이남호로부터 새로운 박목월 읽기가 시작될는지도 모른다.

박목월(1916~1978)
경북 경주에서 태어나 계성중학을 졸업했다. 1936년 『문장』에 「길처럼」 「산그늘」 등이 추천되어 등단했다. 시집에 『청록집』(공저, 1946), 『산도화』(1955), 『난·기타』(1959), 『청단』(1964) 등이 있다. 아세아자유문학상, 대한민국문화예술상 본상, 서울시문화상 등을 수상했고, 국민훈장 모란장을 받았다.

천사를 만나러 간 시인_김춘수

새장에는 새똥 냄새도 오히려 향긋한
저녁이 오고 있었다
잡혀온 산새의 눈은
꿈을 꾸고 있었다

—「처용단장 I~VII」 중에서

2004년 11월 29일 오전 아홉시, 새똥 냄새에서까지 향기를 맡던 김춘수 시인이 눈을 감았다. 전국의 매스컴들이 이 사실을 일제히 보도했다.

평론가 유종호는 시인의 죽음에 대해 이렇게 말한다.

대여(미당 서정주가 지어준 김춘수 시인의 아호)는 흔히 김수영과 더불어 광복 후에 등장한 가장 문제적이며 대조적인 시인이라 평가되어왔다. 한 살 차이인 이들 두 시인은 여러 가지 면에서 대척적인 지점에 서 있었다. 언어구사 면에서 김수영이 분방하고 활달하면서도 때로 거칠고 투박하기까지 한 반면 대여는 극히 소극적으로 소심하게 세련됨을 보여주었다. 김수영이 역사와 현실에 대해 그야말로 온몸으로 밀고 가면서 육성으로 대처한 데 반해 대여는 현실에서 몇 발짝 물러서 있으면서 때로는 역사에 대한 적극적인 적의마저 보여주었다. 이제 쌍벽으로 불리던 두 시인이 모두 가버린 우리 시단은 그만큼 적막해졌다.

동아일보 2004년 11월 30일자

동아일보뿐 아니다. 모든 신문, 방송이 며칠을 두고 김춘수 시인의 영면에 대한 보도며 특집을 내보냈다. 2004년 11월 30일의 전국 신문 문화면은 김춘수 시인의 시와 그의 떠남에 대한 소식으로 가득 채워져 있다. 시인 이재철 교수가 참고로 하라면서 내게 보내준 신문 스크랩의 큰 제목만 옮기면 이렇다.

· 실존 노래한 '꽃의 시인' 지다 문화일보
· 꽃의 시인 '영원한 꽃' 되다 조선일보
· 불멸의 '꽃' 지상에 남기고…… 동아일보
· '꽃'의 참뜻 깨우쳐준 순수시의 대가 중앙일보
· 술어적 세계서 어미(語尾)적 세계로 한국일보
· '꽃의 시인' 하늘 꽃밭으로 떠나다 국민일보
· 영원 속으로 진 '꽃'의 시인 서울신문
· '시단의 꽃' 천상의 품으로…… 경향신문

이뿐 아니라 시전문지들, 이를테면 『현대시학』이나 『현대시』 등도 잇달아 추모 특집을 마련하였고 특히 『현대시학』은 2005년 1, 2월호 두 호를 김춘수 시인의 대형 특집으로 꾸미고 있다. 살아서 영광을 누린 시인은 사후에도 영광 속으로 사라지는 듯하다. 시를 쓰면서 살다가 시로써 마감한 생이 이만큼 화려할 수 있다면 그것을 영예라고 말하지 않을 사람이 어디 있겠는가. 그렇다. 김춘수 시인은 그가 살다 간 삶만큼 축복받고 있다.

나는 김춘수 시인으로부터 직접 이런 말을 들었다.

"김수영이 그렇게 큰 목소리로 을러대지 않았으면 나도 현실적인 것을 좀 썼을 건데 그 사람 때문에 나는 더 현실을 피해갔던 것 같다."

그리고 이런 말도 내 귀에 남아 있다.

"역사라는 게 어디 있노? 이데올로기라는 게 어디 있노? 네 만져봤나? 그런 거는 없는 기다. 그건 다 허구다, 하하하."

그런 훨씬 후에 나는 그의 말을 떠올리면서 이런 시를 썼다. 이 시는 내 열한번째 시집 『가장 깨끗한 책』에 들어 있다.

시인 김춘수는 어떤 글에서
역사도 버리고 계급도 버렸다고 말했지만
돌아보아도 나는 버릴 것이 없다
쓰던 몽당연필도 숟가락도
수수 빗자루도 놋쇠 가위도
사물이 아니라 이념이라면
나는 유물론도 공산주의도

그런 것을 가져본 일이 없어 버릴 게 없다
아, 저기 서쪽으로 저무는 저녁노을도
노을 아래 울고 가는 새의 노래도

—「상실」 전문

김춘수 시인은 생년으로 보아서는 나보다 스무 해를 먼저 산 시인이다. 아마 실제로는 시인의 나이가 그보다 조금 더 위겠지만. 그런 김춘수 시인을 내가 만난 것은 1963년 11월, 경북대 문리대 연구실 복도에서였다. 나는 당시 대학 이학년, 늘 소심하고 늑장이나 부리는 문학청년이었는데 그해 경북대 학보 지령 300호 기념 전국 대학생 문예작품 현상모집이 있어 나는 나와 같이 자취생활을 하고 있던 경북대 철학과 이학년 박경묵(지금 경남 의령 신반중고교 교장)에게 기다란 시 한 편을 써서 경북대 신문사에 전달해달라고 부탁했다. 그걸 받아간 박경묵이가 그걸 정말 신문사에 전달했는지 안 했는지도 확인하지 않고 한 달쯤 지났을 때 신문사로부터 한 통의 편지를 받았다. 당선 통지였다. 그리고 며칠 뒤에 김춘수 시인을 만나려니 생각하고 시상식에 갔지만 시인은 오지 않았다. 그런 며칠 뒤 나는 시인을 직접 찾아가기로 마음먹었다. 그래서 간 것이 11월 하순쯤, 늦가을 날씨가 쌀쌀했다. 나는 문리대 연구실 복도에서 한참 동안 서서 시인을 기다렸다. 그때 저쪽에서 매우 수척해 보이는 초로의 시인이 한 손에 책을 들고(그 책은 아마 시인이 낸 프린트판 『시론』이 아니었던가 한다) 천천히 걸어오고 있었다. 꾸벅 절을 하며 현상모집 당선자라고 했더니 시인은 나에게 손을 내밀었다. 그때의 그 손이 너무도 차갑고 야위었기에 그 손의 기억이 아직도 생생하다.

마침 대학원 학생이었던 권기호 시인이 연구실로 와 나는 그와 함께 학생회관으로 가서 권국명, 전재수를 만났다. 권국명 시인은 나에게 대뜸 "시를 보았을 때는 거칠고 무뚝뚝한 사람인 줄 알았는데 만나보니 정반대네요"라며 농을 걸었다. 그때 그들은 모두 『현대문학』에 김춘수 시인의 천거로 박목월 시인의 초회 추천을 받고 있었다.

그때 내가 경북대 학보에 낸 시는 「여백시초餘白詩抄」였는데 그 시는 내 습작기의 총화, 내가 아는 지식과 언어들을 한데 뭉쳐놓은, 진흙덩이 같은 시였다. 시인은 심사평에서 "좌충우돌하는 언어의 난무, 생경한 조어, 그러나 생각의 깊이가 돋보여"라고 쓰고 있었다. 시의 허두는 이렇다.

여름의 하루는 젖어 있는 풀꽃들
나비가 도취한 향과 쾌락으로 시작한다
무한한 깊이의 곬으로 빠지는
열사(熱沙)의 한나절이 있고
아홉 겹의 바다, 그 심층의 보석이 눈뜨는 아침이 있다
이제 우리의 의식에 집요히 붙어 있는
기중기의 포효는 잊어도 좋다

아침은 어제의 작열보다
뜨겁던 알몸들이 아라베스크로 늘어진
사장(沙場)보다 더 친근한 육성으로

우리의 안목을 찾아온다
높고 푸른 왕관의 빛과 순수
지중해의 젖은 해안으로부터
풍요로 가득히 이루어온 미소
— 그것은 언제나 우리의 살 닿음의 은총 속에 미만하면서 또한
얼마나 파악되지 않는 존재의 피안에 있는지 모른다

—「여백시초」 중에서

사십 년 전의 일이라 지금은 마치 동화 같은 이야기이지만 그때로서는 나는 내 삶과 정한과 힘을 그 한쪽으로 쏟아붓고 있었다. 지금 생각하면 한 장의 흑백사진처럼 아름답고 을씨년스런 풍경같이만 느껴진다.

내가 마산대에 전임이 되어 대구와 마산 사이를 오가고 있던 1979년에서 1980년 초봄, 서울에서 대통령 시해 사건이 터졌다. 온 나라가 발칵 뒤집혔는데 갑자기 영남대 윤영옥 교수가 나한테 전화를 걸었다. "이교수, 빨리 그쪽 정리하고 이리로(영남대) 와야 해요. 김춘수 교수 자리가 비어서 강의할 사람이 없어요"라고 했다. 김춘수 시인이 국보위 15인 주비위원으로 급히 서울로 옮겨가게 된 것이다. 내가 마산대에 간 지도 불과 한 학기밖에 안 됐는데 그예 학교를 옮긴다는 일은 그때로선 쉽지 않았고, 학교를 옮기려면 보내는 대학의 총장 동의서가 있어야 할 때여서 그쪽 총장의 동의서를 받아내느라 진땀을 빼고 있었는데, 그때 시인은 나에게 '국보위 문공위원 김춘수'라는 이름으로 편지 한 장을 써주었다. 그 편지 한 장의 위력이 완강하던 국립대 총장을

움쩍 못 하게 하는 것임을 나는 두 눈으로 똑똑히 보고 있었다.

나는 그때부터 지금까지 김춘수 시인이 강의하던 문예창작론과 현대시론을 받아 강의하고 있다. 그리고 시인이 지도하고 있던 학생서클 '영남문학' 동인의 지도도 전수받았다. 이 동인의 초대회장이 『홀로서기』의 서정윤 시인이다.

나는 시인의 빈소에 시인이 작고한 이튿날 도착했다. 서울 삼성병원 장례식장, 많은 시인이 다녀갔고 또 많은 시인이 빈소를 지키고 있었다. 김종길, 조영서, 정진규, 박의상, 이승훈 제씨들. 우리가 한동안 이야기꽃을 피우고 있는데 자리가 조금 술렁였다. 옆에 사람이 낮게 말했다. 저쪽에 전통(全統)이 옛 경호원들을 대동하고 나타났다는 것이다. 생각하니 시인은 그때 문화계 대표로 뽑힌 주비위원 아니었던가. 그가 나타난 것을 김춘수 시인이 안다면 시인은 무엇을 생각할까?

11월 마지막 날의 밤이 깊어지고 있었다. 나는 자리를 일어섰다. 일어서 나오면서 나는 시인의 사진을 쳐다보았다. 시인은 나비넥타이를 매고 활짝 웃고 있었다. 시인은 천사를 만나러 하늘나라로 간 것이다. 시인은 하늘나라에서도 저처럼 활짝 웃고 있을 것이다. 어쩌면 시인은 그곳에서도 이런 시를 쓰고 있을지도 모른다.

산은 모른다고 한다
물은
모른다고 한다

속잎 파릇파릇 돋아나는 날

모른다고 한다
내가 기다리고 있는 것을
내가 이처럼 너를 기다리고 있는 것을

산은 모른다고 한다
물은
모른다 모른다고 한다

—「모른다고 한다」 전문

김춘수(1922~2004)
경남 통영에서 태어나 일본 니혼 대학을 중퇴했다. '노만파' 동인으로 활동하였고 1948년 첫 시집 『구름과 장미』로 등단했다. 시집 『늪』(1950), 『旗』(1951), 『꽃의 소묘』(1959), 『처용』(1974), 『들림, 도스토예프스키』(1997) 등이 있다. 한국시인협회상(1958), 아세아자유문학상(1959), 대한민국문학상(1959), 대산문학상, 인촌상 등을 수상했다.

철사인간_김규동

올해 여든이 된 시인, 1955년에 시집 『나비와 광장』을 내서 세인들의 주목을 받았고 환갑에 시집 『깨끗한 희망』을 내어 그의 물푸레잎 같은 정결한 삶과 희망을 보여준 시인 김규동. 그의 고향이 함경북도 종성군이라니 그도 눈이 짓무르도록 북쪽 하늘을 쳐다보았을 실향민 시인이다.

나는 습작기에 초현실주의에 관심을 가졌고 초현실주의의 도저한 이론에 매력을 느껴 마리네티나 앙드레 브르통, 필립 수포, 조향 등의 시작 방법을 공부한 적이 있다. 그런 관심이 이어진 것일까? 나는 대학원 석사논문에 『한국 현대시 연구 방법론』이라는 제법 거창한 제목을 내걸고 알량한 이론들을 짜깁기한 글을 쓴 일이 있거니와 기실 이 논문은 '청록파와 후반기 시의 비교' 연구를 주제로 했던 것이다. 그때 이 논문을 쓰느라 자주 들추어보았던 자료 가운데 '청록파'에 대한 자료는 많았지만 '후반기'에 대한 논문이나 자료가 태부족이라 생각다 못해 '후반기' 동인에 가담한 현존 시인들에게 편지를 쓰기로 했다. '후반기'는 이봉래, 김규동, 박인환, 김차영, 조향 등이 동인으로 활동한, 해방 후 가장 활발한 모더니즘 시운동 동인이었다. 내가 편지를 보낸 시인은 이봉래, 조향, 김규동인데 이봉래에게는 답을 받지 못했고 조향은 나중에 그의 집을 방문해서 그로부터 많은 이야기를 들었고 김규동은 직접 만나지는 못했지만 그 대신에 비교적 자상하고 친절한 답을 보내주어 논문에 좋은 참고자료로 사용했던 기억이 지금도 새롭다. 어언 삼십 년 전의 일이라 지금은 그 답장을 보관하고 있지도 않고 정확한 편지 내용을 기억하기도 힘들지만, 아직도 생각에 떠오르는 것은 '후반기' 동인들이 6·25라는 전쟁의 와중에 서울과 부산을 오가면서 시를 썼지만 출판할 데가 없어 결국 동인지를 한 호도 내지 못했다는 것, 작품도 부산에서 나오는 전시(戰時) 국제신문 주말판 문화면에 이따금 발표할 수밖에 없었다는 것, 그리고 '후반기'라는 이름은 20세기의 후반기라는 뜻이며 한자로는 '後半期' 또는 '後半紀'라고 쓸 수 있지만 '後半期'로 써야 한다는 것, 그리고 지난 시절에 자기들이 했던 시업을 대학원에서 논문으로 쓰겠다니 반갑다는 것 등의 말을 써온 것으로 기억한다. 무명의 국문과 학생인 나에게 굵은 만년필 글씨로 써 보내준 선배 시인의 편지에 감사하는 마음으로 나는 선생의 시 「나비와 광장」을 흰 종이에 베껴써서 몇 자 인사를 곁들여 선생에게 다시 편지를 보냈고 그런 후로는 선생을 만나지 못하고 여러 해를 넘겼다. 그의 「나비와 광장」이라는 시는 다음과 같다.

현기증 나는 활주로의
최후의 절정에서 흰 나비는
돌진의 방향을 잊어버리고
피 묻은 육체의 파편들을 굽어본다

기계처럼 작열한 심장을 축일
한 모금 샘물도 없는 허망한 광장에서
어린 나비의 안막을 차단하는 건
투명한 광선의 바다뿐이었기에—

진공의 해안에서처럼 과묵(寡默)한 묘지 사이사이
숨가쁜 Z기의 백선과 이동하는 계절 속
불길처럼 일어나는 인광(燐光)의 조수에 밀려
흰 나비는 말없이 이지러진 날개를 파닥거린다

하얀 미래의 어느 지점에
아름다운 영토는 기다리고 있는 것인가
푸르른 활주로의 어느 지표에
화려한 희망은 피고 있는 것일까

신도 기적도 이미
승천하여 버린 지 오랜 유역—
그 어느 마지막 종점을 향하여 흰 나비는

또 한번 스스로의 신화와 더불어 대결하여본다

—「나비와 광장」 전문

김규동 시인은 스스로가 말했듯이 해방 전 김기림에게서 시를 배웠다. 그래서인지 이 시에서도 김기림의 「바다와 나비」의 냄새가 난다. 그것은 반드시 이 시인이 김기림의 시를 모방했다거나 그 영향을 받아서라기보다 한국 모더니즘의 체취가 대체로 도시적인 감각이나 물질문명을 직접 시에 도입한 데서 찾을 수 있기 때문이라고 하면 될 듯하다. 김기림에게서 보이는 섬약한 존재인 나비와 초자연적인 힘을 지닌 바다를 대비한 것이 그렇고 이 시에서처럼 돌진의 방향조차 잃어버린 작은 나비와 현기증 나는 활주로를 대비시킨 것이 그렇다. 이 뿐 아니다.

강을 건너는
헤리콥터의 푸로페라 소리는
어느 흑인의 애가인가
눈에 뵈지 않는 황색 테—프를 뿌리며
아기자기한 기계는
푸른 건반의 하늘에 날고
우거진 숲
흑석동의 풍경은
가느다란 슬픔에 홀로 젖는다
물결에 씻기우는 체온들은

가슴속 어느 곳에
아픈 기억이며 쓰라린 회상에 있음으로
더욱 소리내어 웃으며
어두운 강면(江面)에 뛰어든 것이리
전쟁을 겪고
또한 전쟁을 위하여 돌아가는 강

—「2호의 시」 중에서

이렇듯 김규동 시인의 시는 현대 도시의 밑그림이자 실루엣이고 전쟁의 후유증을 휴머니즘으로 감싸안으려는 의지를 보이는 시이다. 그런 만큼 1940년대 '청록파' 와는 시의 출발을 달리한다.

나는 김규동 시인이 월남한 시인이고 청록파와는 정면으로 배치되는 도시풍의 시를 쓴 모더니스트이고 그의 시 제목마저도 「보일러 사건의 진상」이라든지 「하늘과 태양만이 남아 있는 도시」 같은 문명비평적인 시를 쓴 시인이고 그러기에 아마도 『새로운 도시와 시민들의 합창』이라는 50년대 시인들의 거센 흐름에 동참했을 것이고, 그후로도 민중문학에 관여했고…… 하는 등등의 인상을 오래 가지고 있었는데, 그런 인상을 던지는 시인이, 어느 월평에선가, 이하석의 「단추」라는 시를 참 재미있고 잘 쓴 시로 칭찬하는 것을 보고 '아, 이 시인도 감각과 재치의 시를 칭찬할 줄 아는구나' 라는 생각을 하며 그에 대한 차갑고 굳은 인상을 수정하게 되었다. 훨씬 뒤이지만, 『미네르바』라는 잡지 3호에 김규동 시인의 「화해」라는 긴 시가 발표된 것을 보았고 그때 나는 마침 『현대시학』에 월평을 하고 있었기에 그 작품을 정면으로 논의할 기회를 가졌다. 「화해」는 서정시라기보다는 이야기시(narrative poem)이고 현재의 시라기보다는 과거 회상시에 가깝지만 그의 거짓 없는 화법이 좋고, 분단의 역사를 바라보는 눈이 교훈과 유머를 담고 있어 좋았다. 그리하여 나는 이 시에 대해 「새로 쓴 단편 서사시」라는 제목을 붙여 비교적 긴 월평을 했다. 「화해」라는 시는 이렇다.

8·15 해방
그날 너만 울었냐
나도 울었다
그때 우리는 이미 20대 전반의
열렬한 투사였다
함경도 바닥 박차고 중앙으로 치달렸지
평양
너는 거기서 빵떡모자 눌러쓰고
무슨 자료 찾는다며 도서관에 자주 갔다
겨드랑에 『세계시인전집』이란 책을 낀 나를 보고
그런 책 가운데 우리 민족문제 따윈 없다
규동이 너, 자유주의자야
춘원 이광수 같은 자 되고 싶은 모양이구나
하고 하늘 쳐다보며 파안대소했었지
야, 야, 신창리 가서 막걸리나 먹자
그러면서 앞장서서 하는 말

이태준이니 임화니 오장환 이원조 같은
남에서 온 작가들 아직 사상무장이 덜 됐어
그들이 쓰는 글을 봐라
무슨 놈의 미사여구가 그리 많으냐
넌 글을 쓰겠으면 좀 똑똑히 써라
문학예술은 당과 인민에 철저히 봉사해야 한다
이런 소리 척척 내뱉는 너는
도도하고 건방졌다
하지만 나는 너를 충분히 이해했다
야간 집회 때
박수를 제일 많이 치는 건 너였다
그리고 두번째 아니면 세번째
반드시 단상에 올라 사자후하는 너는
그 동안 많이도 발전했다는 걸 실감케 했으나
이승만은 또 그렇다 치고
김구는 뭣 때문에 그처럼 성토했는지
용호야

—「화해」 중에서

이 시는 월남하기 전 시인의 청년 시절의 친구 '용호'에게 편지 쓰듯 쓴 시이다. 위 인용은 뒷부분을 생략했지만 이 시를 읽으면서 나는 우리가 기록을 통해서만 이해하고 있었던 해방 전의 역사, 해방 전의 남과 북의 모습을 머릿속으로 그리면서 읽었는데 이 글을 쓰면서 그 작품을 다시 보아도 그때 느낀 감동은 여전하다.

나는 내가 가끔 참가하는 서울의 문인 모임에서, 그나마도 먼 빛으로 김규동 시인을 보곤 하는데 언제 보아도 작은 키와 빼빼 마른 몸, 핏기라곤 없는 까칠한 얼굴에 웃음 한번 보이지 않는 그런 모습을 보곤 한다. 그러면서 마음속으로만 늘 흠모의 정을 지니고 있다. 그런데 2004년 새로 창간된『한국시학』이라는 책이 우연히 내게 와 거기 실려 있는 김규동 시인의 강연초록을 보게 되었다. '한국현대시인협회'가 주관하는 '시의 날' 행사에 나와 강연한 것인데 그는 그 강연에서 이런 말을 했다.

"제가 지금 체중이 삼십육 킬로입니다. 왜 이렇게 마르느냐…… 고통스러워 마릅니다. 아무리 먹어도 살이 안 쪄요. 병원에 가면은요, 체중 달아보고…… 어떨 때는 삼십사 킬로 정도 내려가버려요. 그러면 이런 사람은…… 처음 본다 이거요. 그래도…… 어떻게 당신이 지금까지 살아 있느냐 그래요."

체중 삼십사 킬로의 시인, 백발의 머리카락은 한 번도 감은 적이 없는 듯한 수수 빗자루 머리, 일 미터 오십 센티가 넘을까 말까 한 작은 키, 의지로 뭉쳐진 듯한 차돌 같은 시인. 내 인상은 그런 것이지만, 그것보다 나는 김규동 시인을 보면 언제나 자코메티의 〈철사인간〉을 떠올린다.

자코메티의 조소(彫塑) 〈철사인간〉, 그리고 김규동 시인의 모습. 그래서 몇 년 전에 내가 쓴 에세이 한 구절을 여기에 인용한다.

> 자코메티의 조소는 우리를 전율케 한다. 그의 〈철사인간〉은 철사로

만든 인간의 모형이다. 금속으로 만들어진 이 철사인간은 육체의 어느 부분에도 살 한 점 붙어 있지 않고 뼈만으로 서 있다. 검정색 철사로 만들어진 이 인간은 표정을 갖지 않아 희로애락을 짐작할 수 없다. 아니 뼈만으로 구조된 인간상이라 표정을 새겨넣을 수 없었으리라. 이 무표정의 조소에서 우리는 커뮤니케이션의 단절과 애정의 결핍 속에서도 묵묵히 견뎌야 하는 현대인의 메마른 삶과 휴머니즘이 거세되어버린 기계 같은 싸늘한 삶을 숙명적으로 견디지 않으면 안 되는 인간의 비극을 만나게 된다. 그것은 두 발로 편안히 땅을 밟고 서 있는 평화로운 인간의 모습이 아니라 한쪽 발로 힘겹게 땅을 딛고 한쪽 발로만 육체를 지탱하고 있는 고통스런 인간의 모습이다. 참담한 전쟁과 인간성을 밀어내버린 기계문명, 화해와 애정이 없는 인간의 고독을 핍진하게 보이려 한 조소 한 점.

작고한 시인 임영조가 언젠가 이런 말을 했다. "우리 시단에서 라이트급 제1인자는 김영승이고 두번째가 김규동이야, 그 다음이 김춘수쯤 될까, 하하하." 그러나 이쯤이면 라이트급 순서가 바뀌어야 하는 것이 아닌가? 제1인자가 김규동, 그 다음이 김영승이 아닐는지? 성인의 몸무게가 삼십사 킬로라면 그것은 경악에 가까운 몸무게다. 그는 새가 아니면 철사인간이려니. 살은 다 버리고 뼈로만 서 있는 자코메티의 철사인간. 그것은 사색하는 인간의 초상이지만, 김규동 시인은 살아 활동하는 시인 아닌가! 어쩌면 김규동 시인은 언젠가 닥쳐올 미래의 인간상을 미리 보여주는 시인일지도 모른다. 지상에 발끝만 대고 몸과 정신을 하늘로 둔, 사색과 고통을 즐기는, 욕망을 초월

한 인간의 모습을……

김규동(1925~)
함북 경성에서 태어나 연변의대에서 수학했다. 1948년 예술조선신춘문예에 시 「강」이 당선되어 작품활동을 시작했다. 후반기(後半期) 동인으로 활동했으며 시집으로는 『나비와 광장』(1955), 『현대의 신화』(1958), 『죽음 속의 영웅』(1977), 『깨끗한 희망』(1985), 『깨끗한 기러기떼는』(1989)과 평론집 『새로운 시론』(1959), 『어두운 시대의 마지막 언어』(1979)가 있다. 지유문협상(1959)을 수상했고 은관문화훈장(1996)을 받았다.

목숨의 시인_신동집

신동집 시인은 십여 년의 와병 끝에 고인이 된 시인이다. 그래서 그런지 신동집 시인이 가고 난 뒤 신시인을 기억하는 사람이 많지 않다. 더욱 안타까운 것은 문단도 친지도 매스컴도 그에 대해 한마디의 석별의 정을 표한 일이 없다는 것이다. 우리 문단은 거의 같은 시기에 서정주, 황순원, 구상, 김춘수 같은 문단의 큰 별들을 잃었지만, 그분들에 대한 문단의 예우나 매스컴의 조명은 그 업적에 상응하리만큼 화려했다. 그러나 신동집 시인에 대해서는 아무도 이렇다 할 예우나 석별의 정을 표한 일이 없다. 좋은 작품이 없어서 그럴까? 그렇지 않다. 삶이 비뚤어져서일까? 결코 그렇지 않다. 문학적 영향력이 적어서일까? 조금 그런 것 같다. 그러나 어찌됐건, 나는 그런 사실에 수긍이 가지 않는다. 나는 이런 사실에 냉담한 우리 문단이나 문단 사정을 조명할 수 있는 힘을 가진 매스컴들의 싸늘한 반응에 대해서 의구심을 가진다. 일종의 가역(可逆)반응을 가진다.

신동집 시인이 그렇게 쉽게 잊혀져야 할 작은 시인이 아니기에 이 사정은 더욱 그렇다. 그의 시는 사물적이면서 형이상적이고 서양시적 기법을 사용하면서도 동양적인 우주관을 가지고 있다. 그런 점으로 보면 신동집 시인은 광활한 세계를 지향한 시인, 시쳇말로 하면 통 큰 시인이라 할 만하다. 항상 황소 같은 느긋함을 지니고 육중한 몸을 가진, 사람을 만날 땐 그 부드럽고 큰 손으로 꾹꾹 눌러주는 악수와 때로 속없이 터뜨리는 너털웃음과 정색을 하고 하는 말도 농으로 들리게 하는 유머를 지닌 시인이 신동집 시인이다. 나는 영남대의 전신인 청구대에서 신동집 시인에게 '문학개론'을 배웠다. 시인의 강의는 조밀한 강의안에 의해서 행해지는 것은 아니었다. 주로 영미시와 시인에 대한 강의였지만, 딜런 토마스, T.S. 엘리엇, 테드 휴즈의 시 이야기를 많이 했고 프랑스 시인으로는 보들레르, 모리스 블랑쇼, 이브 본느푸와 등의 이야기를 많이 한 것 같다. 그러나 그런 시인들의 이름도 본격적인 시인론으로 이야기한 것은 아니었고(강의가 '시론'이 아니라 '문학개론'이었으니까) 강의 도중에 자연스럽게 인용되는 정도의 이름들로 그런 시인들이 등장한 것으로 기억된다. 문학개론은 선택과목이고 학과에 관계없이 많은 학생들이 수강하는 과목이기에 신시인의 문학개론 강의에는 보통 백 명 안팎의 학생들이 교실을 꽉 메웠다. 나도 그 학생들 가운데 한 사람으로 특별한 관심을 가지고 신동집 시인의 강의를 경청했다. 아마 그때 나는 신시인이 잘못된 강의 혹은 틀린 내용을 강의했다 해도 그것을 옳은 것으로 믿었을 것이다. 나는 그만큼 신동집 시인과 그의 눌변에 가까운 말솜씨의 강의를 좋아했다.

나는 그때, 때로 주·야간 강의를 함께 들었는데, 한번은 신시인의 야간강의를 들은 후 가방을 들고 교문을 뚜벅뚜벅 걸어나가는 신시인의 뒤를 따라가서 “선생님, 시간 좀 내실 수 있겠습니까?” 하고 물은 적이 있다. 학생으로서는 조금은 당돌한 물음이고 제의였지만 신시인은 특유한 웃음을 웃으며,

“왜, 나하고 할 이야기라도 있소?”

하고 나의 제의를 반기는 눈치였다.

“예, 그저 선생님과 이야기를 좀 하고 싶어서요.”

우리는 가까운 어느 중국집에 들어갔다. 신시인은 나에게 묻지도 않고 빨간색 오가피주를 시켰다. 그리고 느릿느릿 시에 대한 이야기를 펴놓았다. 그때 오고간 이야기는 주로 대구에서 활동하는 시인들—이재철, 박훈산, 박건수, 권국명, 전재수 등의 이야기였는데 이재철 시인에 대해서는 약간 날 선 어조로, 박건수(구 고려원 전무이사) 시인에 대해서는 매우 우호적인 이야기를 했다. 권국명의 시는 조금 되어 있는 듯하고, 전재수의 시는 겉멋만 든 것 같다고 했다. 이기철의 시는 조금 더 두고 봐야 될 것 같다고, 나에게도 한 방 먹이는 투로 말했다. 내가 대학 삼학년 때의 일이다.

신시인은 수필가 최정석(효성여대 명예교수) 선생과는 퍽 친한 터였고 김춘수 시인과는 앙숙의 관계였다. 어느 해 가을, 최정석 교수와 신시인이 가는 자리에 나도 끼어 경주 반월성 쪽으로 놀러 간 일이 있다. 경주의 서영수가 나와 대구의 문인 일행들에게 동동주를 대접했는데 몇 잔을 거푸 마시던 신시인이 갑자기 괴성을 지르며 웃기 시작했다. 그 웃음은 나로서는 이유 없는 웃음 같았지만 그들로서는 아마도 어떤 이유—문단에 대한 적의, 아니면 어떤 시인에 대한 적개심을 담은 웃

음 같았다. 나는 영문을 몰라 신시인의 큰 얼굴만 물끄러미 바라보았지만, 그 이유를 묻지는 않았다. 거기다 최정석 교수가 뭐라고 거드는 눈치였다.

1975년으로 기억되는데, 신동집 시인의 시집 『행인』 출판기념회가 대구 고려예식장에서 열렸다. 많은 문인이 모였고 김춘수 시인도 와서 축사라는 명목으로 신동집 시인의 시세계에 대해서 짧게 말했다. 그러나 김춘수 시인은 축사를 하면서도 신동집 시인의 시에 대해 한 마디의 경하(慶賀)도 없는 매우 싸늘한 그리고 일반적인 문학 이야기만 하고 자리로 돌아갔다. 신시인 부부가 자리로 돌아가는 김춘수 시인의 뒤에다 절을 했지만 김춘수 시인은 그것을 본 체 만 체했다. 그때는 아마도 '대구문인협회' 회장 선거의 후유증이 겹쳐 있을 때였기에 더욱 그랬던 듯하다. 김춘수 시인은 대구문협 회장에 신동집 시인이 출마했다는 소문을 듣고 제자인 권기호를 적수로 내보냈다. 문단의 네임밸류로 보면 신동집 시인과 권기호 시인은 비교가 되지 않지만 선거에서 신동집 시인은 권기호 시인에게 패배하고 말았다. 권기호 시인의 뒤에는 김춘수 시인이 있었기 때문이다. 나는 그때 처음으로 문단에 대한 회의를 느꼈다.

나는 그때 신동집 시인의 이런 시를 좋아했고 탐독했다.

염열(炎熱)에 끓는 돌이여
그늘 오문 대낮의 시간 위에서
꽃은 한여름의 열을 앓는다
사람은 망가진 병상에 누워

목숨의 여름을 앓고
끓는 돌의 열 위에 앉아
나비는 석화(石花)의 꽃술을 더듬는다
어느 수풀에 잠든 예감의 새여
일어나 끓는 돌의 가슴으로 돌아오라
염열에 숨 지는
나의 진한 노래를 위하여

—「염열에 끓는 돌이여」 전문

염열, 그늘 오문, 석화의 꽃술, 예감의 새 등의 시어는 신동집 시인의 전용어이다. 그런 시어들은 그 언어 자체가 갖는 음역을 가지고 있어 설명 없이도 한 시의 자장을 갖는다. 묘한 의미와 소리의 파장이 결합되어 시공을 초월하는 시의 공간을 확보한다. 그것만으로도 신시인의 시는 당시의 우리 시단에 하나의 독립된 의미, 독립된 시의 존재였다.

신동집 시인은 생전에 18권의 많은 시집을 내었다. 1948년 『대낮』, 1954년 『서정의 유형』, 1958년 『제2의 서시』, 1963년 『모순의 물』, 1965년 『들끓는 모음』, 1968년 『빈 콜라병』, 1970년 『새벽녘의 사람』, 1971년 『귀환』, 1973년 『송신』, 1975년 『신동집 시선』, 1975년 『고운 최치원』(장시), 1975년 『행인』, 1976년 『미완의 밤』, 1977년 『해뜨는 법』, 1979년 『세 사람의 바다』, 1979년 『장기판』(시선집), 1981년 『진혼, 반격』, 1983년 『암호』 등의 시집이 그것이다. 연대가 분명하지 않은 시집으로 『누가 묻거든』이 더 있어 신시인이 낸 시집은 아마도 스무 권이 넘을 것이다. 이외에도 영문학 교수였던 만큼 『휘트먼 시집』

『헤르만 헤세 시집』 등의 번역시집을 내기도 했다. 그런 것으로 보면 신시인은 와병 전까지는 거의 한 해도 거르지 않고 시집을 냈음을 알 수 있다.

경북대 부속병원에 신시인이 입원했다는 말을 들은 날, 나는 병원엘 갔다가 병실을 못 찾아 이리저리 헤매었는데, 가까스로 병실을 찾았을 땐 부인 혼자 병실을 지키고 있었다. 나는 시인이 병원 침대에 식물인간이 되어 누워 있는 모습을 무거운 마음으로 바라보았다. 그리고 그의 시 「목숨」을 떠올렸다.

목숨은 때 묻었나
절반은 흙이 된 빛깔
황폐한 얼굴엔 표정이 없다

나는 무한히 살고 싶더라
너랑 살아보고 싶더라
살아서 죽음보다 그리운 것이 되고 싶더라

억만 광년의 현음을 거쳐
나의 목숨 안에 와 닿는
한 개의 별빛

우리는 아직도 포연의 추억 속에서
없어진 이름들을 부르고 있다

따뜻이 체온에 젖어든 이름들

살은 자는 죽은 자를 증언하라
죽은 자는 살은 자를 고발하라
목숨의 조건은 고독하다

바라보면 멀리도 왔다마는
나의 뒤 저편으로
어쩌면 신명나게 바람은 불고 있다

어느 하많은 시공이 지나
모양 없이 지워질 숨자리에
나의 백조는 살아서 돌아오라

—「목숨」 전문

이 시는 대부분의 기록에 신동집 시인의 첫 작품으로 올라 있다. 1954년 그의 두번째 시집 『서정의 유형』에 실린 작품이다. 첫 작품으로 기록된 시가 두번째 시집에 실려 있다니, 그것은 아마도 첫 시집을 문단의 공인을 받기 전에 낸 탓이리라. 그러니까 신동집 시인은 첫 시집을 낸 뒤에도 공인을 받지 못하다가 「목숨」을 발표한 뒤부터 문단의 공인을 받게 된 것이다. 왜냐하면 신시인이 1948년에 낸 첫 시집 『대낮』은 손수 만든 시집이었고 그런 사정으로 이 시집은 널리 문단에 알려지지 않았다. 6·25로 불리는 한국전쟁을 지낸 뒤 전쟁에 희생된 목숨들을 생각하며 쓴 시 「목숨」, 이 작품은 역사의 상처를 노래해 많은 독자에게 공감을 불러일으킬 수 있었고 동시에 신동집 시인을 일약 유명 시인의 반열에 오르게 한 시이기도 하다. '우리는 아직도 포연의 추억 속에서/없어진 이름들을 부르고 있다/따뜻이 체온에 젖어든 이름들, 혹은, 살은 자는 죽은 자를 증언하라/죽은 자는 살은 자를 고발하라' 라는 절규에 가까운 시구. 그러한 목숨에 대한 절규가 병원의 침상에 누운 시인의 모습과 오버랩되는 것을 보며 나는 무거운 마음으로 병실을 나왔다.

1980년대 중반쯤이었을까? 한국시인협회 대구대회 때 저녁식사를 마친 몇몇 시인이 신동집 시인의 문병을 가자고 해 내가 안내한 일이 있다. 대구시 수성구 중동에 있는 신시인의 새로 지은 양옥집이었다. 성찬경, 최원규, 양채영 시인 등이었다고 기억된다. 그러나 우정 어린 시인들의 방문에도 시인은 병이 깊어 몸을 제대로 가누지 못하는 상태였고 걸음을 제대로 걷지 못할 뿐 아니라 말이 어눌해 무슨 말을 하는지를 분간할 수 없는 상태였다. 그것이 내가 신시인을 본 마지막이다. 시인은 그뒤에도 오래 투병을 했지만 병이 심해지고 난 뒤 가족들이 거부했기 때문에 지인들의 방문은 거의 불가능했다.

그가 작고한 얼마 뒤 나는 우연히 내 서가를 정리하는 도중 신시인이 나에게 보낸 편지 한 쪽을 발견했다. 내용은 이렇다.

새해에도 건강과 건필을 빕니다. 염려해주신 덕분으로 병환은 많이 좋아지고 있습니다. 간단한 전화 정도는 걸고 있습니다. 격려와 고무, 감사합니다. 『여로旅路』 청람해주시기를!

88년 1. 8. 신동집

이기철 선생께

이백 자 원고지에 쓴 짧은 편지, 1988년이니 시인이 병환으로 누운 지 얼마 후에 쓴 편지이다. 그때 내가 대구매일신문에, 병중에 있는 시인의 시 한 편을 대상으로 월평을 한 것 같다. 『여로』는 시인의 시집이고 그 시집을 내게 우편으로 보낸 뒤 쓴 편지인가 싶다. 이 글이 시집 아닌 시인의 육필로는 내가 가진 전부다.

다시 시인의 시 한 편을 읽는다.

날이 지기 위해선
한 사람의 들판이 저물어야 한다
수많은 사람의 날은 저물어도
상기 남은 한 사람의 들판
해 그늘은 황망히 밀어닥치고
으스스 언저리는 어둡다
이러할 때 사람은
무엇을 잃어야 하나
한 사람의 가장 귀한
무엇을 잃어야 하나
갓 뜬 저
별을 맞기 위해선

—「날이 지기 위해선」 전문

시집 『누가 묻거든』에 실린 시이다. 이 시 역시 신시인의 목소리를 고스란히 담고 있다. 메아리처럼 들리는 외롭고 황망한 목소리. 그는 지금도 한 사람의 저무는 들판 쪽으로 묵묵히 걸어가고 있을 것이다. 그는 한 사람의 귀한 무엇을 잃으면서, 갓 뜬 별을 맞으면서, 혹시 지나온 들판에 휘파람을 남기면서 천천히 걸어가고 있는지도 모른다. 대구에서 태어나 대구에서 살고 대구를 사랑했던 시인, 신동집. 그의 전집 한 권이 내 서가에 그의 모습처럼 육중히 꽂혀 있다. 신동집 시인이 그렇듯이, 마침내 시인들이란, 한 권의 전집으로 혹은 한 권의 시집으로 남는 것을 염원하는 사람들인지도 모른다.

신동집(1924~2003)
1924년 대구에서 태어나 서울대 정치학과를 졸업하고 미국 인디애나 대학 대학원에서 영문학을 수학했다. 1948년 첫 시집 『대낮』 이후 『서정의 유형(流刑)』(1954), 『제2의 서시(序詩)』(1958), 『모순의 물』(1963), 『빈 콜라병』(1968) 등의 시집을 펴냈다. 아시아자유문학상(1955), 현대시문학상(1975), 한국현대시인상(1980), 대한민국문화예술상(1981), 대한민국예술원상(1982) 등을 수상했고, 대한민국옥관문화훈장(1987)을 받았다.

선병질적 시인_박재삼

박재삼 시인은 1933년 출생으로 1953년『문예』에 시조「강물에서」와 1955년『현대문학』에 시「정적」이 추천완료되어 등단했으니 스무살 안팎에 문단에 나간 조숙한 청년 시인이다. 일본 동경에서 출생했고 고향 삼천포에서 성장, 집이 가난해서 장학금이 아니고는 학교를 다닐 수가 없었지만 성적이 우수해서 삼천포 중학 삼 년을 내리 장학생이었다는 말을 지인들로부터 들은 바 있다. 설창수 시인이 주관했던 진주의 '개천예술제'의 본래 이름이 '영남예술제'였는데, 이 예술제의 제1회 한글 시 백일장에 장원한 사람이 이형기이고 입선한 사람이 박재삼이라는 말을 일찍이 들었고 한국에서 최연소 문단 등단 시인도 이 두 분이라는 말을 또한 진주에 가서 들었다. 이형기 시인은 진주 출생이고 박재삼 시인은 동경 출생이지만 삼천포에서 성장했으니 삼천포 사람이다. 박재삼 시인은 고려대를 삼학년 때 중퇴하고 현대문학사에서 편집사원으로 일했으며 한국시인협회 사무국장을 한 것이 직업의 전부이다. 바둑을 잘 두어 잡지나 신문에 바둑 이야기를 쓰기도 했지만 바둑 솜씨가 몇단이나 되는지는 나는 알지 못한다. 고향 삼천포에 가면 지금도 노산공원과 시외버스 주차장 가에 박재삼 시비가 서 있고 노산공원 시비에는 시 「천년의 바람」이, 시외버스 주차장 가에는 시 「아득하면 되리라」가 큰 돌에 새겨져 있다.

해와 달, 별까지의
거리 말인가
어쩌겠나, 그냥 그 아득하면 되리라

사랑하는 사람과
나의 거리도
자로 재지 못할 바엔
이 또한 아득하면 되리라

이것들이 다시
냉수사발 안에 떠서
어른어른 비쳐오는
그 이상을 나는 볼 수가 없어라

그리고 나는 이 냉수를
시방 갈증 때문에
마실밖에는 다른 작정은 없어라

—「아득하면 되리라」 전문

한이라 해도 충분한 말이 아니고 적막이라 해도 충분한 표현이 아니다. 무언가 서럽고 안쓰럽고 애가 타는 안타까움이 있고 달랠 길 없는 애처로움이 시에 담겨 있다. 그것을 시인은 그저 아득하면 되리라, 라고 노래한다. 그러나 이 시인의 마음속, 무엇이 그리도 애처롭고 안타까운지는 시인 자신이 말하지 않고 있다. 삶이라 해도 되고 사랑이라 해도 될, 희망이라 해도 되고 꿈이라 해도 될 그런 것이 아지랑이처럼 아른거리기만 할 뿐, 손에 잡히는 것이라곤 아무것도 없는 시, 그래서 아득하면 되는 시, 「아득하면 되리라」.

나는 예의 1974년 경주 다보호텔 한국시인협회 세미나에서 박재삼 시인을 처음 만났지만 그가 워낙 말이 없는 시인이고 나 역시 사무국장이라는 직책을 가진 시인 앞에서 나를 내놓을 만한 것이 없어서 그냥 먼빛으로 시인을 보고, 일행이 오르는 토함산을 덧없이 뒤따라 오르기만 했다.

그후엔 서울에서 드물게 박재삼 시인을 만나곤 했지만 특별히 인사를 하거나 이야기를 할 기회는 갖지 못했고, 1983년에 낸 시인의 일곱번째 시집 『추억에서』(현대문화사)를 받은 뒤, 그해 겨울의 현대문학상 시상식에서 잠시 보내준 시집에 대한 고마움을 표한 것이 시인을 본 마지막이다.

내가 본 박재삼 시인은 늘 안색이 창백하고 기력이 쇠진한 모습이었다. 웃을 때도 활짝 피어나게 웃는 일이 없었고 엷은 미소를 띠는 정도의 웃음. 모르긴 하지만 소리내어 웃는 일은 시인에게는 없었던 듯하다. 경상도 방언에는 조용하게 혼자 일을 꾸려나가는 모습을 표현하는 말로 '사부작사부작' 이라는 말이 있다. 내 인상으로는 박재삼 시인의 모습은 늘 '사부작사부작' 하는 일일 것 같았고 그런 한, 시 쓰는 일도, 밥 먹는 일도, 사무적인 일도 모두 그는 '사부작사부작' 할 것 같았다. 그러니까 바둑도 그런 모습으로 두었을 것이라고 나는 상상한다. 바둑을 누가 권투선수처럼 팔을 내어뻗으며 둘 것이며 혹은 야구선수처럼 불꽃 튀게 내달리며 두겠는가? 희거나 검은 돌멩이를 들고 머리를 굴리며 '사부작사부작' 두는 것, 그것이 바둑 아니겠는가?

그의 대표작 「춘향이 마음」과 「울음이 타는 가을 강」은 인구에 회자되는 시인데, 나는 전자보다 후자를 좋아한다.

마음도 한 자리 못 앉아 있는 마음일 때,
친구의 서러운 사랑 이야기를
가을 햇볕으로나 동무 삼아 따라가면,
어느덧 등성이에 이르러 눈물나고나.

제삿날 큰집에 모이는 불빛도 불빛이지만,
해질녘 울음이 타는 가을 강을 보겠네

저것 봐, 저것 봐,
너보다도 나보다도
그 기쁜 첫사랑 산골 물소리가 사라지고
그 다음 사랑 끝에 생긴 울음까지 녹아나고

이제는 미칠 일 하나로 바다에 다 와가는
소리 죽은 가을 강을 처음 보겠네

—「울음이 타는 가을 강」 전문

바닥이 말라가는 가을 강을 시인은 보고 있다. 가을 가뭄이라도 든 것인가? 땅이 마르고 나뭇잎도 바스락거리며 말라간다. 저녁놀을 바라보며 언젠가 들었던 친구의 서러운 사랑 이야기를 떠올린다. 눈물이 난다. 첫사랑 같은 기쁜 산골 물소리마저 마르고 이제 기진해서 눈물마저 말라버렸다. 할 수 있는 일이라곤 미칠 일 하나와 소리 죽은 가을 강을 바라보는 일뿐이다. 대체로 그렇게 해석할 수 있는 시이다. 그러나 이 아름다운 시, 전설 속에 들어와 있는 것같이 아늑한 시가 안타깝게도 해석이 안 되는 부분을 담고 있다. 시의 둘째 연이 그렇다.

제삿날 큰집에 모이는 불빛도 불빛이지만
해질녘 울음이 타는 가을 강을 보겠네

제삿날 큰집에 모이는 불빛까지는 큰아버지 집에 가서 제사를 지내본 사람이면 곧 알 수 있다. 그런데, "불빛도 불빛이지만"이 문제다. 이 구절은 "그 불빛도 서럽긴 서럽지만"으로 해석할 수 있다. 그러나 시인이 서러움을 말하고자 하는 것은 그 불빛뿐 아니라 그것보다 더 큰 무엇인가에 이유가 있다는 의미를 내포하고 있다. 그것은 무엇인가? 다름아닌 "해질녘 울음이 타는 가을 강을 보"는 일이다. 그러니까 가장 서러운 일은 해 지는 시각, 가을 산등성이에 앉아 말라가는 가을 강을 보는 일이라는 것이다. 이렇게 해석해놓아도 석연치 않은 데가 있다. "제삿날 큰집에 모이는 불빛"은 서럽지 않고 기쁘고 흥겨운 일이다. 특별한 서러운 사연이 있을 수도 있지만 일반적으로는 온 가족이 다 모이는 큰집 제삿날 밤에 밝힌 불빛은 흥성거리는 분위기를 전달해야 한다. 여기에 대한 이견들이 더러 나온 것으로 알고 있는데 시인은 끝내 그 대답을 하지 않고 떠났다. 시의 애매성(ambiguity)은 재산이라는 W. 엠프슨의 이론을 받아들여야 할까? 시의 표현의 사분의 삼은 구체적인 것을 말하지 말고 남겨두라, 는 스테판 말라르메의 시작 방법을 도입할까?

「청산별곡」과 「가시리」와 「아리랑」과 김소월과 서정주로 이어지는 한국 전통적 서정시를 다시 박재삼이 이어받았다는 주장은 그의 시에 적합한 평이기도 하지만 그의 시는 그뒤를 잇는 주지시와 민중시의 세력에 밀려 조금은 퇴색된 모습으로 묻히게 된 것이 아닌가 하는 아쉬움이 앞선다.

이 시에 매우 비판적인 오세영은 이 시를 두고 '박재삼의 울음이 타는 가을 강은 전혀 해석이 안 되는 안개 같은 시' 라고 말한다. 바로 위의 구절들을 두고 하는 말이다. 시의 언어는 문법을 파괴하고 문법을 창조한다는 말이 참이라 하더라도 일단 일반적인 문맥에서 해석이 가능할 때 그 아름다움이나 고귀함이 정서에 녹아 전달될 수 있다. 그것이 특수한 의장(意匠) 혹은 방법론적으로 실험시거나 전위시가 아닌 한 그렇다. 그러나 박재삼은 한과 정으로 이어져내려온 한국시의 전통을 이은 시인일 뿐 아니라 서정적 언어의 새로운 맛을 길러낸 시인, 60년대로 오면서 한국시가 대부분 주지시로 전환하였기에 박재삼의 서정적 언어는 역사적 의미마저 담고 있다. 그런 한 그의 시는 한국 서정시의 전형으로 오래 남을 것이다. 그것은 마땅히 그래야 한다.

박재삼(1933~1997)
일본 도쿄에서 태어나 고려대 국문과를 중퇴했다. 1953년 『문예』에 시조 「강물에서」, 『현대문학』에 시조 「섭리」, 시 「정적」을 발표하며 등단했다. 시집 『춘향이 마음』(1962), 『햇빛 속에서』(1970), 『해와 달의 궤적』(1990) 등이 있다.

현대의 음유시인_조병화

나는 어머님의 심부름으로 이 세상에 나왔다가
이제 어머님 심부름 다 마치고
어머니께 돌아왔습니다

—「꿈의 귀향」 전문

신문의 기사에 의하면 이 시는 시인 스스로가 자신의 묘비에 새길 시로 지어두었다 한다. 이 시가 시인의 묘비에 새겨졌는지 아닌지는 나는 잘 알지 못하지만, 아직 새겨지지 않았다면 언젠가는 누구의 정성과 힘에 의해 더욱 아담한 묘비명으로 새겨질 것이다.

2003년 3월 10일 시인 조병화는 영면했다. 미당이 간 뒤 구상, 김춘수와 더불어 우리 시단의 가장 원로였던 그가 구상을 앞질러 타계한 것이다. 스스로 아호를 편운(片雲)이라 했으니 뜬구름처럼 살다가 조각구름처럼 가려고 했던 것일까?

그가 떠난 열흘 만에 내가 이 글을 쓰는 것은 평소에 내가 그를 비교적 친숙히 알고 있었다는 이유도 작용했지만, 그것보다는 더욱이, '선생님이 떠나고 나면 꼭 제가 선생님의 추억담을 쓰겠습니다' 라고 시인과 언약했던 어느 가을날의, 그와 나의 약속 때문이라고 하는 것이 더 나을 것이다.

조병화 시인의 시는 독자에게 어떤 강요도 하지 않는다. 내면에 숨긴 수수께끼 같은 언어로 독자를 곤혹스럽게 하지도 않고 강한 메시지를 던져 독자를 휘몰아치지도 않는다. 그저 생활 주변에서 일어나는 연민, 사랑, 슬픔, 그리움 들을 노래처럼 들려준다. 들리면 같이 노래하고 들리지 않으면 안 들어도 좋다는 표정이다. 혼자서 길 가다가 심심해서 의미 없이 불러보는 사람의 이름처럼 그저 그렇게 읽고 부르면 되는 노래에 가깝다. 이야기처럼 가락처럼 들려주는 시인의 이야기. 그러나 남의 굿에도 신명이 나듯 시인의 시를 읽으면 절로 기뻐지고 슬퍼진다. 독자를 긴장시키지 않고 편안하게 스스로의 이야기를, 스스로의 노래를 들려준다. 현대판 음유시인의 언어다. 그의 시를 읽고 있으면 자신도 모르게 가인(歌人)이 되거나 시인이 되는 알 수 없는 힘, 그런 힘을 조병화 시인은 지니고 있다.

당신 생각만 했지요
당신께만 할 이야기가 많았지요
당신만 기다리다 말았지요
초록색 몸차림을 하고 단장을 하고
바람이 불어도 비가 내려도

당신 생각만 했지요
어느 날 당신이 내 그늘 아래 쉬었을 때
그때 내 마지막 그 말을 당신에게 주는 걸 그랬어요
헤어진다는 것은 영원을 말하는 것입니다
헤어진다는 것은 아주 잊어버린다는 것을 말하는 것입니다
당신 생각만 했어요
당신께만 할말이 많았어요
어제와 오늘이 이렇게도 먼 이 자리에서
당신만 기다리다 말았어요

—「낙엽」 전문

낙엽에 시인의 마음을 이입한 시다. 시인은

초록색 몸차림을 하고 단장을 하고
바람이 불어도 비가 내려도
당신 생각만 했지요

라고 낙엽에 비겨 시인의 그리운 마음을 노래한다. 시의 특수한 장치도, 감추고 비우는 감정의 조작도 하지 않는 그의 시는 읽는 그대로 노래고 시이다. 곁에 앉아 말하듯 읽히는 시, 그래서 독자들에게 편안함으로 다가가게 하는 시, 그것이 조병화 시인의 시의 힘이다. 빅토르 위고가 십삼만 편이 넘는 시를 썼다 하고 고려시대 이규보가 삼천 편의 시를 남겼지만, 산실된 시편을 더 발굴하면 일만 편에 달하리라는 연

구 논문이 발표되기도 했는데, 조병화 시인은 생애 동안 쉰두 권의 시집을 냈으니 편수로는 삼천 편은 되지 않을까?

나는 일찍부터 『하루 만의 위안』이라든지 『남남』 같은 조병화 시인의 시집들을 읽어온 터이지만, 정작 시에 대한 전문적 이론과 지식을 넓히면서부터 나는 그의 시와 멀어지게 되었다. 나는 그를 알기 전에 그의 시를 알았고 시에 대한 이론적 지식을 쌓기 전에 그의 쉬운 시들을 마음속에 새기기도 했지만, 그의 시가 지나치게 일상적이라는 점과 조금은 싱거울 정도로 가벼운 시가 많다는 점 등이 내가 그의 시로부터 멀어지게 된 이유라면 이유였다.

그러면서도 나는 오랫동안 그를 만나지 못했다. 그리고 그의 시에 대한 애착이 멀어지면서 그를 만나고 싶은 생각에서도 점점 멀어지고 있었다. 시를 읽고 쓰면서, 그리고 시의 이론을 공부하게 되면서 나는 점점 긴장적 언어를 좋아했고 고도한 실험이나 언어의 절약이 풍기는 짜릿한 시의 맛을 즐겼다. 청소년기에 좋아했던 박인환이나 노문천 같은 시인들이 점차 마음속에서 사라지는 것을 보았다. 그러는 과정에서 나도 어언 시인이 되어 선배 시인들이 밟고 간 멀고 긴 문학의 길에 성큼 들어서고 말았다.

서른이 지나고 마흔도 중반이었던 어느 날, 영남대에 조병화 시인이 강연차 왔다. 강연까지는 두어 시간이 남아 있었고, 남은 두어 시간의 공백을 메울 말 상대가 없다는 이유로 당시 문과대 학장이었던 김택규 선생이 나를 불러 조시인과 말 상대 좀 하라고 부탁했다. 조병화 시인과의 첫 만남이었다. 늘 그렇듯이 시인은 시인과 만나면 금방 옛 친구처럼 다정해지는 것임을, 그는 만나자마자 곧 후배인 나에게 친절하고 따뜻한 이야기들을 특유의 낮은 음성으로 이어갔다. 그것이 첫 만남이었지만, 그후에는 여러 가지 문학행사로 나는 조병화 시인을 자주 만날 수 있었고 그러다보니 가끔은 술자리에 동석하는 일이 생기기도 했다.

1995년으로 기억되는 늦가을 저녁, 김원중 시인의 회갑연 축하차 대구에 온 조병화 시인과의 몇 시간의 추억이 바로 이 글을 쓰게 된 이유가 된 것은 나도 예상치 못했던 일이다. 연회가 끝나고 범어로터리 부근에 있는 조그만 음식점에서 나는 처음으로 그의 시인다운 모습을 보았다. 시인다운 모습—그렇다, 검은 베레모와 파이프 담배를 즐기는 온유한 시인의 모습에서 다시 한번 규범의 일탈을 보는 것은 분명 후배 시인들에게는 즐거운 추억거리가 되고도 남는 일이었다. 시인답다는 것은 조금은 풀어지고 조금은 흩어진 모습일 때 붙이는 이름이다. 풀어지고 흩어진 모습, 그것은 약간의 실수까지도 포용한다. 그때 팔순에 가까운 조병화 시인은 장시간 동안 식사는 하지 않고 줄곧 매실주를 마시고 있었다. 내 기억으로는 거의 다섯 병을 혼자 마셨는데, 그때부터 그의 독특한 익살과 해학이 터져나오기 시작했다. 젊고 미인형이던 그 집 안주인과 조병화 시인은 중인환시 속에서, 더욱이 처음 보는 대구의 젊은 시인들 앞에서 계속 입을 맞추고 있었다. 처음에는 민망해하던 그 집 마담도 시인이 막무가내였던 만큼 어쩔 수 없이 호응하는 듯했다. 시인은 가끔 내게 겸연쩍은 미소를 보냈지만 그 일은 계속되고 있었고 아무도 민망함을 내색하는 사람이 없었다. 나는 괜찮다는 미소로 응답을 보냈다. 아마 숙소가 팔공산에 있는 팔공호텔로 정해졌던 모양으로 시인은 마담에게 자꾸만 호텔로 같이 가자고 조르

는 듯했고, 그 조르는 말 속에는,

"얘야(마담이 젊었으니까, 마치 딸처럼), 자네가 나를 따라간다 한들 내가 이 나이에 무슨 일을 하겠느냐, 그저 이야기나 주고받다 자면 되는 거지."

내 귀에 들리는 말은 그런 것이었다. 그러나 나는 아는 체하지 않았고 술자리가 끝나고 택시에 오를 때 마담이 동행하지 않은 것으로 보아 시인의 주문은 거절된 것으로 보였다.

헤어지면서 시인은 나에게,

"이시인, 내가 추태를 부린 것은 아닌지 몰라. 술이 좀 과했던 것 같애. 이해하셔, 응?"

하고 웃었다.

"선생님, 노익장이신데 추태라니요, 오히려 선생님에 대한 추억이 더 깊어졌습니다. 뒷날 선생님이 떠나시고 안 계시면 오늘의 이야기를 선생님의 추억담으로 꼭 쓰겠습니다."

나는 그렇게 말했고, 그것이 조병화 시인과 나의 약속이라면 약속이 된 것이다. 설령 아름다운 사연은 아닐지라도 약속은 아름답다. 나는 그 약속을 지키기 위해 지금 이 글을 쓰고 있다.

시인은 작은 실수도 오히려 매력일 수 있는가? 나는 그렇다고 대답한다. 저 무구하고 악의 없는 실수, 그것은 시인만이 할 수 있는, 시인만의 전유물이 아닌가? 그런 것으로 보면 우리 사회도 시인에게는 그만큼 관대한 것이다. 2002년 여름, 대구 월광수변 공원, 이설주 시인의 시비 제막식에 참석한 시인과 벤치에 앉아 오래 한담을 하며 시 이야기, 삶 이야기를 나눈 것이 그와의 마지막 자리, 시인은 밤늦어 기차를 탔고 나는 일찌감치 자리를 떴으니 지금 생각하면 그 자리가 아쉽기만 하다.

조병화 시인의 시 한 편을 나직이 외우며 이 글을 맺는다. 그는 이 시의 마지막 행처럼 푸른 대륙에 조용하고 평화롭게 묻혔을까? 아마 그럴 것이다.

푸른 바람이고 싶었다
푸른 강이고 싶었다
푸른 초원이고 싶었다
푸른 산맥이고 싶었다
푸른 구름
푸른 하늘
푸른 네 대륙이고 싶었다

남남의 자리
좁히며
가까이
네 살 닿는 곳
따사로이
네 입김이고 싶었다
네 이야기이고 싶었다
네 소망이고 싶었다

네가 깃들이는
마지막
고요한 기도의 둥우리고 싶었다

흙바람 갠 날 없는
어지러운 너와 나의 세월
마른 내 목소리

푸른 네 가슴이고 싶었다
푸른 네 목숨이고 싶었다
너와 날 묻을
푸른 대륙이고 싶었다.

―「남남1」 전문

조병화(1921~2003)
경기 안성에서 태어나 일본 동경고등사범학교에서 수학했다. 시집 『버리고 싶은 유산(遺産)』 『먼지와 바람 사이』 『밤의 이야기』 『어머니』, 시선집 『꿈』 등이 있다. 아시아자유문학상, 서울시문화상, 한국시인협회상, 대한민국예술원상, 대한민국문학상 등을 수상했고, 국민훈장 모란장을 받았다.

설악의 시인_이성선

산의 시인 이성선은 설악에 뜬 별을 보며 이렇게 노래했다.

내 너무 별을 쳐다보아
별들은 더럽혀지지 않았을까

내 너무 하늘을 쳐다보아
하늘은 더럽혀지지 않았을까

별아, 어찌하랴
이 세상 무엇을 쳐다보리

흔들리며 흔들리며 걸어가던 자리
엉망으로 술에 취해 쓰러지던 골목에서

바라보던 너 눈물 같은 빛남
가슴 어지러움 황홀히 헹구어 비추는

이 찬란함마저 가질 수 없다면
나는 무엇으로 가난하랴

—「별을 보며」 전문

“내 너무 하늘을 쳐다보아/하늘은 더럽혀지지 않았을까?”라고 노래할 수 있는 사람이 이 세상에 몇 사람이나 될까? 아니, 시인이 아니라면 누가, 하늘을 너무 쳐다보아 그것이 더럽혀지지 않았을까, 걱정할 사람이 있을까? 그런 아름답고 섬세한 마음으로 한 세상을 살다 간 시인이 이성선이다.

나는 이성선 시인과 깊은 교유가 있었다고 할 수는 없지만 오랫동안 친근한 마음을 가지고 있었다고는 할 수 있다. 이성선 시인을 만난 것은 시간상으로는 삼십 년이 가깝지만 그와 나는 늘 외우(畏友)의 마음으로 지내는 사이였다. 심상사에서 주관하는 ‘해변시인학교’가 태안반도의 안면도로 새 집을 지어 옮겨가기 전에는 주로 경북 포항 지역이나 강원도 양양 지역에서 열리고 있었는데, 나는 1970년대 후반 포항 북부해수욕장의 해변시인학교에 가기 위해 포항 버스 터미널에 내렸다가 이성선 시인을 만났다. 더운 여름날이었고 점심때가 훨씬 지난 시각에 터미널에 내렸기에 동행한 몇 사람이 함께 점심이나 하고 행사장으로 가자고 하여 이성선 시인과 함께 어느 식당에 들러 냉면을 먹었는데 그때 동행한 사람들이 누구인가는 지금 정확히 떠오르지 않는다. 일행은 한 시간여를 음식점에서 쉬었고 그러면서 여름날이라 맥주도 두어 병을 마셨는데 그러면서도 이성선이나 나나 별말 없이 그저 다른 사람의 이야기에 귀를 기울이고만 있었다. 그러면서 별 내용도 없는 시 이야기를 잠시 한 것으로 기억된다.

그때 느꼈던 이성선 시인에 대한 나의 인상은 이성선은 틀림없이 어렸을 적 젖배를 곯았거나 강원도에서 쌀밥은 먹지 못하고 감자나 수수떡을 먹고 자랐을 것이라는, 그러기에 저리도 몸이 야위고 얼굴에 주근깨가 많이 끼었을 것이라는, 피부는 거칠고 손이 종잇장같이 엷을 수밖에 없을 거라는 그런 느낌을 받았다. 나이에 비해 앳된 얼굴이긴 하지만 실제의 나이가 나보다는 서너 살쯤 위이고 농대를 나왔으니 저같이 체구는 작지만 다부진 농사꾼 같은 모습일 거라는 생각도 했다. 그후에도 나는 가끔 문학행사나 문인들의 모임에서 이성선을 만난 일이 있지만 특별히 기억할 만한 일은 없이 지냈다. 언젠가 공주에 사는 시인 나태주가 대전에서 문학행사를 마치고 나와 함께 같은 호텔 방에 투숙을 했는데 그때 나태주 시인이 이성선, 송수권, 나태주, 그리고 이기철, 네 사람이 동인을 한번 해보는 게 어떻겠느냐는 제의를 했다. 나는 좀 무심히, 그 네 사람이면 좋은 동인이 될 수 있을 것 같다고만 대답했지만 그 동인 모임은 실현되지 않고 오늘에 이른다. 그리고 예고도 없이 이성선이 먼저 이 세상을 떠나버렸으니 그것은 영원히 물거품이 되고 말았다.

저녁 불을 누가 켜고 있는지

아는 사람은 드물다
화엄사 해장루가 있던 자리
주춧돌도 길도 없고
잡풀밭이다
새 한 마리 놀란 표정으로
바다를 감추고 불지르는
놀밭 속으로 사라진다
혼자 가야 하리라
산이 산을 업고 업은 산을
내가 업고
그것이 길이다
문이 없다
마른 나무 이파리들이 떨어져 뒹구는
경전 책장을 밟으며 길을 찾는다
신발 부서지고 몸 부서지는 소리
흐르는 물에 산이 실려간다
산이 꽃이다
몸도 발도 없이 가면
꽃 피는 소리 안으로 돌아갈까
길 없는 길 위
잡풀밭에서
바다 감추고 빗장 지르고 떠난
마음 암자 찾고 있다

—「문이 없다」 전문

이 시를 보라. 시가 이쯤이면 선문(禪門)에 들었다고 해야 하리라. 한 이백 년쯤 산속에서 도를 닦지 않으면 이런 목소리를, 이런 시의(詩意)를 발하지는 못하리라. 그러나 시인의 감각과 통찰로는 세속의 시간, 꼭 이백 년일 필요는 없다. 시인은 보통 사람이 겪는 이백 년을 시인 특유의 감수성으로 이십 년이면 너끈히 맛볼 수 있는 눈과 감각을 지닌 사람이니까.

혼자 가야 한다
산이 산을 업고 업은 산을
내가 업고
그것이 길이다
문이 없다
마른 나무 이파리들이 떨어져 뒹구는
경전 책장을 밟으며 길을 찾는다

아무래도 이쯤이면 속인들로는 감당할 수 없는 경지다. 물소리 속에서 자연의 깊은 이치를 읽고 산바람 속에서 우주의 소리를 들을 수 있는 경지가 아니면 이런 말이 쉬이 나오지 못하리라. 그래서 나는 이성선 시인의 시를 내 문리(文理)가 막힐 때면 자주 뒤져 읽는다. 미발표 시이지만 그런 연유로 쓴 나의 시 가운데 이런 시가 있다.

사람 사랑하고 싶어서
서른 해를 넘겨 시를 써왔는데
사람 사랑하고 싶어서
기차를 타고 가다 생각나는 말
메모해두기도 했는데
좋은 시구 보면 가슴에 담아두고 싶어
읽고 또 읽으며 마음속에 기록하기도 했는데
좋은 시인 신문에서라도 만나면
그의 명구 기억 속에서 꺼내어
노트처럼 펼쳐보기도 하는데
술 마시고 늦게 돌아와 넘겨보는 책장 속에
이성선,
자네만 유독 수선처럼 웃고 있네

—「시인」 전문

1999년 가을, 원주에 있는 토지문학관에서 환경문학 심포지엄이 있었고 그때 토지문학관의 사무를 총괄하는 시인이 이성선이었다. 많은 문인이 초대되었지만 나도 그중 한 사람으로 지인 몇 사람과 함께 그곳을 찾았다. 이성선 시인은 농촌지도소에 근무하다가 거기를 그만두고 토지문학관 사무장으로 와서 소설가 박경리 선생을 도와 일하고 있다고 했다. 오랜만에 만난 이성선은 예나 제나 빼빼 마르고 마른버짐 핀 얼굴로 우리를 마중했고 우리는 일박 이일 동안 환경시 낭송을 하면서 즐겁고 유익한 시간을 보냈다. 그 심포지엄의 프로그램을 짠 사람이 이성선 시인이었다. 우리나라의 대표적 대하소설 『토지』의 작가 박경리 선생을 직접 만나 이야기를 하고 그의 이야기를 들은 것은 그때가 처음이었다. 박경리 선생은 큰 작가답게 별로 말이 없었고 심포지엄이 끝날 즈음 단에 올라 집 주인으로서 인사를 할 때도 유창하다고는 할 수 없는 느린 말로 천천히 그야말로 인사말만 하였는데 그것이 나에게는 더욱 대가다운 인상으로 새겨졌다.

내 청춘, 스무 살의 삼 년을 보낸 원주와 횡성, 그뒤로는 몸이 불편할 때마다 불길한 꿈에 나타나곤 하는 군사도시, 원주. 박경리 선생은 그곳에 문학관을 지어 원주를 군사도시에서 문화도시로 바꾸는 역할을 하고 있는 작가다. 그리고 그곳에 이성선 시인은 생의 마지막 일자리를 마련, 환경문학 보급운동을 펴고 있었다.

그러나 이성선 시인과 그곳서 헤어지고 난 뒤 두어 해, 느닷없는 비보가 들렸다. 이성선 시인이 작고했다는 것이다. 여러 가지 잡음도 섞여 들려오는 소문에 나는 귀를 막으며 그의 시 한 편을 다시 꺼내 읽어보았다.

나뭇잎을 갉아먹던
벌레가

가지에 걸린 달도
잎으로 잘못 알고
물었다

세상이 고요하다

달 속의 벌레만 고개를 돌린다

—「고요하다」 전문

산과 달과 벌레와 하늘과 물소리와 바람 소릴 좋아했던 시인 이성선, 그가 활동하고 있을 때의 속초는 꽉 찬 느낌이었지만 그가 없는 속초는 왠지 텅 비어 있는 느낌, 거기 가도 아무도 손잡아 인사할 사람 없는 도시가 되어버렸다. 그만큼 이성선은 그를 아끼고 사랑하던 사람들의 마음에 한 개의 나뭇잎으로 아니면 한 편의 서정시로 영원히 남을 것이다. 누에가 뽕잎 속에 싸여 석잠을 잔 뒤 마침내 명주실을 뽑아내듯 이성선 시인은 설악의 잠과 꿈을 먹고 시를 쓴 산의 시인, 아직도 그의 시를 읽으면 돌올과 웅혼의 산의 기침 소리가 들린다. 작은 체구로 긴 여운을 남기고 간 시인 이성선.

이성선(1941~2001)
강원도 고성에서 태어나 고려대 농학과 및 동대학원 국어교육과를 졸업했다. 1970년 『문화비평』에 「시인의 병풍」 외 4편의 시를, 1972년 『시문학』에 「아침」 등의 시를 발표하며 작품활동을 시작했다. 시집 『시인의 병풍』(1974), 『하늘 문을 두드리며』(1977), 『밧줄』(1982), 『별이 비치는 지붕』(1987), 『내 몸에 우주가 손을 얹었다』(2000) 등이 있다. 한국시인협회상(1990), 정지용문학상(1994), 시와시학상(1996)을 수상했다.

수선화 같은 시인_이해인

나는 이해인 시인을 만난 적이 없다. 꼭 만나려면 만날 수도 있었지만 나는 왠지, 아니 왠지라기보다 그가 수녀시인이기 때문에 만나기를 피해온 것인지도 모른다. 그러나 내가 갖고 있는 이해인 시인의 인상은 수선화 같다는 것이다. 청초하고 아름답다는 뜻의 수선화. 그러나 나는 실상 수선화라는 꽃을 잘 알지 못한다. 나는 이해인 시인을 알기 전, 시인의 시집 『민들레의 영토』를 내가 재직하고 있는 대학의 스쿨버스 안에서 삼십 분 정도 읽었다. 그것이 시로서 그를 만난 처음이었다. 그것도 내가 그 책을 읽기 위해서 읽은 것이라기보다 지금은 고인이 된 법과대 최엽 교수가 시집 한 권을 불쑥 내밀면서 "이교수, 이 책 읽어봤어요?"라고 묻기에 내가 안 읽었다고 대답했더니. "한참 뜨는 시집인데 시인이 안 읽었다면 말이 되나요"라며 내던지다시피 내게 내밀어서 읽게 된 시집이다. 그후 이해인 시인은 줄곧 베스트셀러 시집을 내놓았고 그로부터 매스컴의 단골손님이 되는 것을 나는 보았다.

나는 가끔 그의 「여름일기」라는 시를 좋은 시로 학생들에게 소개한다.

오늘 아침 내 마음의 밭에는
밤새 봉오리로 맺혀 있던
한마디의 시어가
노란 쑥갓꽃으로 피어 있습니다

비와 햇볕이 동시에 고마워서
자주 하늘을 보는 여름

잘 익은 수박을 쪼개어
이웃과 나누어 먹는
초록의 기쁨이여

우리가 사는 지구 위에도
수박처럼 둥글고 시원한 자유와 평화
가득한 여름이면 좋겠습니다

오늘 아침 나는 다림질한 흰 옷에
물을 뿌리며 생각합니다
우울과 나태로 풀기 없던 나의 일상을
희망으로 풀 먹여 다림질해야겠음을

지금쯤 바삐 일터로 향하는
나의 이웃을 위해
한 송이의 기도를 꽃피워야겠음을

—「여름일기」 전문

누구든 글 쓰는 사람치고 자신의 책이 많이 팔리기를 바라지 않는 사람은 없다. 책이 많이 팔리면 명성을 날릴 수 있어서 좋고 돈을 많이 벌 수 있어서 좋다. 서점에 나갔을 때 자기가 낸 책이 서점 판매대의 가장 중앙에, 가장 눈에 잘 뜨이는 곳에 놓여 있으면 그 역시 기분이 좋다. 아무리 겸손하게 말한다 하더라도 글을 쓴다는 것은 일종의 명예에 대한 욕심, 허영심에서 전혀 멀리 있는 것이 아니다. 이른바 베스트셀러가 된다는 것은 그만큼 허영심을 충족시켜주는 일이고 자기 현시(顯示)를 만끽할 수 있는 기회를 제공해주는 것이기 때문이다.

한 책의 통계에 의하면 1970년대 이후 우리나라의 베스트셀러는 대부분 소설이 차지했고 나머지는 비소설류인 에세이류와 수필이 차지했다. 이 가운데 시집이 베스트셀러가 된 경우는 극히 드물다. 시집이 베스트셀러가 된 경우를 들어보면 다음과 같다.

· 1974년 윤동주, 『하늘과 바람과 별과 시』, 정음사
· 1983년 이해인, 『오늘은 내가 반달로 떠도』, 분도출판사
· 1984년 이해인, 『우리가 사랑한다는 것은』, 분도출판사
· 1984년 이해인, 『민들레의 영토』, 분도출판사

· 1984년 이해인, 『내 영혼에 불을 놓아』, 분도출판사
· 1987년 김옥진, 『산골소녀 옥진이 시집』, 시사연
· 1987년 김초혜, 『사랑굿』, 문학세계사
· 1987년 도종환, 『접시꽃 당신』, 실천문학사
· 1987년 서정윤, 『홀로서기』, 청하
· 1988년 정호승, 『새벽편지』, 민음사
· 1991년 류시화, 『그대가 곁에 있어도 나는 그대가 그립다』, 푸른숲
· 1991년 박라연, 『서울에 사는 평강공주』, 문학과지성사
· 1991년 정호승, 『별들은 따뜻하다』, 창작과비평사
· 1991년 황지우, 『게눈 속의 연꽃』, 문학과지성사
· 1993년 이정하, 『우리 사는 동안에』, 고려문화사
· 1994년 최영미, 『서른 잔치는 끝났다』, 창작과비평사
· 1995년 원태연, 『알레르기』, 영학출판사
· 1995년 이정하, 『너는 눈부시지만 나는 눈물겹다』, 푸른숲
· 1998년 이정하, 『사랑하지 않아야 할 사람을 사랑하고 있다면』, 자음과모음

이 통계를 보면, 시집이 베스트셀러가 된 경우는 대체로 80년대 중반에서 90년대 중반까지임을 알 수 있고, 2000년대에 들어와서는 시집이 베스트셀러가 된 경우는 한 번도 없음을 알 수 있다. 그런 점으로 미루어보아, 시집이 베스트셀러가 되려면 그때 그때의 독서의 흐름에 맞는 시를 써야 한다는 것과 가능한 한 독자의 취향에 따라 시를 써야 한다는 것을 알 수 있다. 독자의 취향이란 쉬운 시를 뜻한다. 그리고

독자들은 베스트셀러를 낸 시인의 것을 일정한 기간 동안 거의 맹목적으로 선호하는 경향이 있어 명성을 한번 얻으면 그것이 당분간 베스트셀러를 유지하는 힘이 된다는 것을 알 수 있다.

위의 베스트셀러 시집을 낸 사람 가운데 가장 여러 권의 베스트셀러 시집을 낸 사람은 이해인과 이정하이다. 이는, 베스트셀러란 문단의 인정과는 무관한 곳에서 이루어진다는 사실을 말해주는 것이다. 문단의 인정과는 무관한 곳에서 이루어지는 베스트셀러를 좋은 작품으로 인정하느냐 마느냐 하는 것은 별개의 문제다. 중요한 것은 자신의 시가 많은 독자에게 사랑받느냐 아니냐 하는 사실이다. 이해인 시인은 두루 알다시피 수녀시인이다. 관습적으로 말할 때 문단의 관문을 거친 적이 없는 시인이다. 그러면서도 독자들에게 가장 사랑받는 시인으로 부상하고 있다. 그는 수녀이기 때문에 일반인과는 다른 삶을 영위한다. 그러기에 그가 보통 사람들보다는 맑고 깨끗한 정신을 가졌을 것이라는 추정은 그의 시를 이해하는 데 도움을 준다. 그렇지 않으면 그렇게 맑고 깨끗한 수필과 시를 쓸 수 있겠는가.

그의 시를 한 편 더 인용한다.

아직 살아 있기에 꿈을 꿀 수 있습니다
꿈꾸지 말라고
강요하지 마세요
꿈이 많은 사람은 정신이 산만하고
삶이 맑지 못한 때문이라고
단정짓지 마세요

나는 매일 꿈을 꿉니다
슬퍼도 기뻐도
아름다운 꿈
꿈은 그대로 삶이 됩니다
오늘의 이야기도
내일의 이야기도
꿈이기에 그려질 때가
생각보다 많습니다
꿈이 없는 사람
삶이 없는 꿈은
얼마나 지루할까요
죽으면 꿈이 멎겠지만
살아 있는 동안은
꿈을 꾸고 싶습니다
꿈이 있어 외롭지 않았다고
말할 수 있습니다

―「꿈을 위한 변명」 전문

이 시는 동아일보 2002년 10월 8일, '이 시를 보내며' 라는 난에 실린 시이다. 보내는 사람은 이경숙, 받는 사람은 이용태이다. 이경숙씨는 숙명여대 총장, 이용태씨는 삼보컴퓨터 회장이다. 두 분 다 당대의 명사들이다. 이 두 분의 명사들이 이 시를 좋아한다. 한 분이 보내고 한 분이 받은 것이다. 많은 시 가운데서 유독 이 시를 택한 것은 무엇보다 쉽기 때문일 것이다. 쉬운 시, 그러니까 대학의 총장이 선택한 시 역시 보통 독자나 다름없는 쉬운 시이다. 그리고 누구나 읽으면 한 번쯤은 머리가 끄덕여질 수밖에 없는 평이하나 진솔한 시다.

이 시는 우리에게 한 편의 소심록으로 다가오며, 아주 쉬운 말과 정갈한 마음의 표현이, 쓰기에 따라서 정제된 산문이 될 수도 있고 감동으로 다가서는 시가 될 수도 있음을 보여주는 예가 된다.

나는 이해인 수녀를 만나지는 못했지만 그에 대한 친근감을 가지고 있다. 이수녀의 '한번 다녀가라'는 편지(연하장)를 받고도 그곳이 수녀원이라는, 나에게는 너무 숭엄하여 모골이 송연한 장소라는 이유 때문에 나는 아직도 거기를 방문하지 못하고 있다. 결례가 될는지도 모르지만, 시인끼리의 인사편지이기에 이해인 수녀의 편지 한 장을 잠시 인용한다.

이기철 교수님께

그 동안 안녕하신지요?

12월에 눈이 아니고, 비가 내리니

조금은 색다르게 여겨집니다.

책만 보내주셔도 과분한데 글까지 보내주시니 더욱 기뻤습니다.

희숙은 성지 순례길에 가까이 만나 우정을 나누게 되었는데…… 제가 선생님의 시를 좋아한다니까 너무 반가워하면서 부탁을 드린 것 같습니다.

「……땅 위의 이름을 사랑하네……」라는 시를 제 조카애가 건네주어 선생님의 시에 관심을 갖게 되었답니다. 언제 뵙고 대학에서 교양으로

'현대시의 이해와 감상'을 시키려면 어느 책이 좋은지도 여쭙고 싶고, 시를 제대로 쓰는 법도 여쭙고 싶고, 종교 아닌 인생론에 대해서도 부담없는 대화를 선생님과 꼭 나눌 수 있길 기대해봅니다.

제가 대구에 가거나……
선생님께서 부산에 오실 일 있으면
좀 절차가 복잡하더라도 (전화)연락하셔서 만날 수 있으면 좋겠습니다.
더욱 우리의 마음에 희망을 심어주는
아름다운 시들, 많이 쓰시고 건강하시길 기도 안에 비옵니다.

1997. 12. 6. 감사드리는 해인 수녀 올림

얼마 전, 2005년 대서(大暑)날 오후, 부산의 성 베네딕도 수녀원에서 나는 시인을 만났다. 문우들을 대동한 나의 방문이었기에 시인은 쉬지 않고 이야기를 이었고 햇빛처럼 밝은 미소를 골고루 나누어주었다. 시인은 스스로가 자신을 가리켜 말했듯 나이보다 젊게 사는 요술 공주, 명랑 소녀, 콩새 시인, 흰구름 수녀이다. 그의 얼굴 어디에 한 점 티가 묻어있는가, 그의 모습 어디에 한 점 구김살이 접혀 있는가. 그는 바다가 보이는 남쪽 도시의 언덕에서 오늘도 시처럼 살고 있다.

그의 시집 『오늘은 내가 반달로 떠도』 『우리가 사랑한다는 것은』 『민들레의 영토』 『내 영혼에 불을 놓아』를 읽은 세대들이 지금은 시인이 되었거나 시인이 되고자 한다. 그의 맑고 향기로운 정신과 깨끗한 삶이 일구어내는 문학의 모습을 많은 독자들이 기다리고 있다. 나도 그런 사람 중의 한 사람이다.

이해인(1945~)
강원도 양구에서 태어나 필리핀 성 루이스 대학 영문과와 서강대 대학원 종교학과를 졸업했다. 1970년 『소년』에 동시로 등단했다. 시집으로 『오늘은 내가 반달로 떠도』 『민들레의 영토』 『외딴 마을의 빈 집이 되고 싶다』 등이 있다. 현재 성 베네딕도 수녀회에서 수녀로 봉직중이며 새싹문화상, '여성동아' 대상(1981), 부산아동문학상을 수상했다.

웃음을 선사하는 시인_황금찬

봄비 속에
너를 보낸다

쑥순도 파아란히
비에 젖고

목메기 송아지가
울며 오는데

멀리 돌아간 산구빗길
못 올 길처럼 슬픔이 일고

산비

구름 속에 조는 밤

길처럼 애달픈
꿈이 있었다

—「보내놓고」 전문

태평로 프레스센터 일층, 시인 황금찬 선생과 화가 오세영 교수의 시화전에 초대받는다. 황금찬 시인은 선약이 있는데도 대구서 올라온 후배 시인을 두 시간 가까이 기다리고 있다. 바쁘신데 기다리게 해서 미안합니다, 는 내 말에,

"이교수, 차 한잔 하는 동안쯤은 기다리는 것도 즐거웁지요."
하는 노시인의 말.

"그러면 차를 될 수 있는 한 더 천천히 마셔야겠습니다."
농조의 나의 대답.

"아, 그 대화가 바로 시로 들리는 군요."
한 술 더 뜨는 오화백의 말. 황금찬 시인의 이어지는 이야기,

"한 삼십 년 전에 서울에서 국제 펜클럽 회원들이 다수 모여 학술대회를 한 적이 있었지요."

선생의 굵고 둔탁한 목소리에 오화백과 나는 웃을 준비를 하고 노시인을 쳐다본다.

"단군 이래 세계의 문인, 석학이 우리나라에 가장 많이 모였다는 평을 듣기도 한 대회였지요. 그 대회의 주제가 '문학과 해학' 이었어요. 중국의 임어당, 미국의 아서 밀러 등도 참가했지요. 필리핀에서 온 한

시인의 발표 내용은 이랬지요.

찢어지게 가난한 한 시인이 살았더래요. 너무도 가난하여 땟거리가 없었기에, 하느님한테 편지를 쓰기로 작정했대요. 하느님, 저는 너무 가난해서 먹을 것이 없습니다. 하느님께서 저에게 먹고살 만한 돈을 좀 보내주실 수 없을까요? 그러고는 봉투의 수신인 주소에 하느님 귀하로 썼다나요? 우편국에서(황시인은 우체국을 우편국이라 했다. 지금도 일본사람들은 우체국을 우편국이라 부른다) 편지를 분류하다가 수신인 주소가 하느님 앞이니 어디로 보내야 할지를 몰라, 자기네들이 봉투를 뜯어봤다나요. 내용을 보니 하느님에게 돈을 보내달라는 내용인즉, 우편국 직원들이 이 사람이 너무 불쌍해서 돈을 조금씩 모아 발신인인 시인 앞으로 보냈다나요. 돈을 받아본 시인이 돈의 적음에 놀라, 다시 하느님께 편지를 보냈어요. 하느님이 보낸 돈이라면 이렇게 적게 보냈을 리 없습니다. 하느님이 저에게 보낸 돈을 다른 도둑들이 다 떼어먹고 조금만 보냈으니 돈을 다시 보내주세요, 라고.

얼마나 재미있어요. 이것이 바로 해학(諧謔)이지요."

황시인은 천천히 무표정하게, 때로는 껄껄 웃으면서 그런 이야기를 목관악기 같은 음성으로 우리에게 들려주었다.

중국의 임어당은 그때 '장자와 청상과부 이야기'를 했다. 장자가 어느 여름날 산길을 가는데, 웬 스물도 안 돼 보이는 청상과부가 금방 쓴 듯한 묘에 부채질을 하고 있었다. 장자는 생각했다. '참으로 열녀가 있구나, 얼마나 열녀였으면 죽은 남편이 더울까봐 묘에까지 와서 부채질을 하는 걸까?' 그랬더니, 여인이 하는 말, '장자님, 그런 것이 아니옵고 제가 부채질을 하는 것은 어서 묘가 말라야 제가 다른 사람에게 시

집갈 수 있기 때문입니다. 묘도 마르기 전에 시집을 간다면 다른 사람이 저를 무어라 욕하겠습니까?'

한국의 백철은 『흥부전』을 인용하면서, 흥부는 너무 가난해서 내일 아침 안칠 쌀이 없는데 흥부의 채독에 생쥐가 들어가 일 주일이나 파먹었다는 이야기를 한국의 해학문학으로 소개했다. 이렇듯 웃음은 핍박하고 메마른 삶을 부드럽게 만드는 정신의 꽃이다.

〈뜨거운 양철 지붕 위의 고양이〉라는 드라마를 쓴, 미국의 아서 밀러는 링컨 대통령과 백악관 신문팔이 소년 이야기를 해서 청중을 해학 속으로 몰고 갔다.

백악관에 아침마다 신문을 넣는 톰이라는 소년이 있었다. 소년은 아침마다 시계처럼 정확한 시간에 백악관 뜰에 신문을 던졌다. 그런데 어느 날 하루는 소년이 조금 늦잠을 자고 일어나 십 분쯤 늦게 신문을 넣었는데 그 십 분 때문에 링컨 부인에게 혼이 났다. 소년은 울면서 대통령을 찾아가서 십 분 때문에 당한 억울함을 호소했다. 소년의 말을 들은 대통령의 말,

"톰, 그래도 너는 나보다는 행복하니 울음을 그쳐라."

소년이 무슨 말인지를 몰라 대통령을 쳐다보았다. 대통령은 웃음으로 소년을 달래면서,

"너는 하루에 일 분만 내 마누라를 만나면 되지만 나는 그 마누라와 평생을 같이 살아야 되지 않니."

그런데, 우리 시에는 웃음을 죄로 본 예도 있으니 이 또한 아이러니 아닌가?

지름길 묻길래 대답했지요

물 한 모금 달라기에 샘물 떠주고

그러고는 인사하고 웃고 받았죠

평양성에 해 안 뜬대도 난 모르오

웃은 죄밖에

—김동환, 「웃은 죄」 전문

예나 제나 별난 사람들은 별난 소문을 퍼뜨리길 좋아한다. 젊디젊은 동경 유학생이 여름방학을 맞아 고향에 오다가 목이 말라 물 좀 달라기에 그 마을에 갓 시집온 새악시가 샘물 한 바가지를 떠서 유학생에게 건네주었다. 아마도 함경북도 경성 지방의 작은 마을이었으리라. 목이 마른 유학생을 위해 물 위에 아카시아 잎을 띄우는 것도 잊지 않았다. 물을 마신 유학생은 고맙다고 인사하고 산을 넘는다. 일은 그뿐이다. 그런데 멀리서 그 광경을 본 말 많은 동네 아낙들이, '뉘 집에 갓 시집온 새댁이 바람났다' 고 소문을 퍼뜨린다. 소문은 꼬리에 꼬리를 물고 삽시간에 퍼진다. 그 입방아에 소박을 맞고 쫓겨난 새댁, 새댁의 억울함을 들은 동경 유학생, 그것을 시로 쓴 것이 파인(巴人) 김동환의 위 시 아닌가? 파인 김동환, 그는 당대의 멋장이였기에 이런 시를, 이 유머러스하면서도 눈물겨운 시를 남긴 게 아닌가?

웃음과 해학, 거기에는 깊은 페이소스가 곁들여 있는 법. 그래서 문학엔 늘 서럽고 기쁜 사연들이 새록새록 숨쉬고 있는 것이 아닌가.

나는 가끔 참가했던 심상사 주최 해변시인학교에서 황금찬 시인을 만났다. 내가 본 황금찬 시인의 모습은, 어떤 일에도 화를 낼 줄 모르는 사람일 것이라는 것이다. 항상 너털웃음과 품이 큰 유머와 느릿느릿 걷는 걸음걸이와 두툼한 손으로 건네는 악수와, 그런 것뿐, 그에게서 나는 메마르고 야윈, 척박하고 매몰찬 모습은 상상할 수가 없다. 그는 거의 매년 해변시인학교에 와서 교장을 하곤 했는데 어떤 의식에서든지 그가 하는 말은 모두 시이고 수필이었다. 그러면서도 어디 하나 꾸미고 다듬는 표정을 보이지 않는다. 아마도 그런 표정과 말솜씨는 천성에 가까운 것이리라. 2002년 가을, 구미문학제에 나는 황금찬 시인과 함께 초청되었는데 황시인의 연출 솜씨, 무대 매너는 여느 배우들 뺨치는 수준이었다. 워낙 주제가 없는 나는 황시인의 그림자 역할만 하고 왔지만 그의 넉넉한 품이 좋아 그에게 건강 유의하시고 만수무강하시라는 인사를 수차례 하기도 했다. 그의 시 한 편을 읽는다.

낙엽이 남기고 간
싸늘한 구름의 대화들이
지금은 빈 가지 끝에
달무리로 뜨고
옷깃 세우고 총총히 돌아가는
발소리를 듣고 있어라

장미밭엔
아직도 꽃 그림자가
하이얗게 변모한 가는 손을 흔들고

5월 그 어느 날

무성했던 하늘빛 이파리들이
뿌려놓은 꿈을
잔인한 발길로
밟고 있어라

뉘우치는 일은
선한 행위요
후회는 악한 사람들의
신음 소리에 지나지 않는
서로 어긋남의 윤리를
탓하지 말라
어쩌면 그것이
우리들의
생활인 것을

종이 우는데
또 한 해가 말없이 기우는
이 절정에
소리없는 비파를 치며
눈이 내리는가
12월 그 의미는

종말이 아니거니
자연을 날려라, 푸른 하늘에
그리고 종을 울려라

—「종이 우는데」 전문

1918년 강원도 속초에서 출생, 1953년 『문예』를 거쳐 1955년 『현대문학』에 박목월 추천으로, 3회 추천완료되어 등단했으니 등단만으로도 사 년이 걸린 셈이고 등단 나이도 마흔에 가까운 늦은 나이였지만 그후 생활의 면면들을 부드럽고 경쾌한 언어로 표출한 그의 시는 비교적 많은 독자들의 사랑을 받았다. 노익장을 과시하는 그의 건강한 모습은 언제나 인정이 넘친다. 아직도 황금찬 시인은 청년이다.

황금찬 시인의 유일(?)한 시론일 듯한 이 말을 들어보자.

불후의 시들은 최고의 감성으로 씌어진 시들이다. 최고의 지성에다 뿌리를 박고 피어나는 가장 아름다운 감성의 꽃 한 포기는 전 인류에게 보내는 최고의 예언자이며 신과 맞서는 창조자이기도 하다. 허구성이 단정되는 데 가장 중요한 것은 그것은 바로 시인의 진실성이다. 허구성을 단정해서 사실 이상으로 독자에게 감명을 주는 것은 시인의 생명인 진실인 것이다.

그만큼 황금찬 시인에게 중요한 시의 덕목은 진실성과 감성임을 알 수 있는 대목이다.

시인의 교우는 넓고 시인의 말은 부드럽다. 어른 아이를 따지지 않는 그의 인품은 언제 어디서 누구를 만나도 봄바람 같다. 그의 넉넉한 품이 그렇듯이, 그의 부드러운 손이 그렇듯이.

황금찬(1918~)
강원도 속초에서 태어났다. 1951년 강릉에서 시동인지 『청포도』를 발행했으며, 1953년 『문예』에 「경주를 지나며」, 1955년 『현대문학』에 「접동새」가 추천되어 등단했다. 시집 『현장』 『오월의 나무』 『분수와 나비』 『오후의 한강』 등이 있다. 시문학상(1965), 월탄문학상(1973), 대한민국문학상(1980), 한국기독교문학상(1981), 서울시문화상, 대한민국문화예술상을 수상했고, 대한민국 문화보관훈장을 받았다.

들판에서 평화를 발견한 시인_정진규

전봉건 시인이 살아 있을 때, 어느 월평에서 정진규의 시를 극찬한 것을 신문에서 읽은 일이 있다. '새로운 언어를 직조하는 시인' '멋과 품격의 언어로 시단에 새 바람을 일으키는 젊고 유니크한 시인의 출현' 이라는 것이 그 요지였는데, 주로 시 「신봉이었지」 「목탄화」 「정체」 등을 두고 평한 것으로 기억된다.

처음엔
경건의 모자를 벗으시고
너무도 귀공스런 발걸음새로였지
겨울바람 눈바람들 아프게 심방하는
나의 나목 가장귀들의 숲을
검은 나의 나목 가장귀마다를
당신이 다른 질량으로 심방하고 있었을 때

가옥들은 모두 빗장을 지르고
뜨거운 물주전자를 따루고 있었지
다음엔 순모의 털실 목도리를
다시 다음엔 아름다운 당신의 빨강 내의를
하나씩 벗어 걸어 입혀주시고
나신으로 숲속을 걸어가던 여자
깊은 당신의 보행이었을 때
무수한 철모들이 부딪고 있었고
沿邊을 술병들이 터지고 있었고
나는 실려가는 열차 속의 병정이었지
그때,
내성의 내가 젖기던 트럼프는
왜 언제고 크로버였을까

오늘 내가 만나고 있는
오늘은 살아 있는 신록의
나의 나목 가장귀들
사이에서 삐어져나오는 꽃의 미학으로
당신은 내 몸에 돋을 것을
내 몸에 돋을 것을 정의하는 방식
그걸 나는 벌써 그때부터 믿고 있었던 거지
벌써 그때부터 알고 있었던 거지
신봉이었지

신봉이었지

—「신봉이었지」 전문

기다림과 참음, 발그레하게 돋아나는 연애감정 같은 것을 매우 난해한 어휘들로 에둘러 표현한 시 「신봉이었지」는 그렇기 때문에 읽기가 쉽지 않다. 평이한 말을 쓰지 않고 대담하고 간격이 큰 비유를 사용하고 있어 이 무렵에 쓴 일련의 정진규 시에 훈련되지 않은 독자라면 이 시의 이해에 당혹감을 느낀다. 다만 시행에서 짐작할 수 있는 것은, '처음엔 경건히 모자를 벗고, 귀공스런 발걸음으로 심방했다' 는 것과 '다음엔 순모의 털실 목도리를' 감고 왔다는 것, 그리고 그 다음엔 '아름다운 빨강 내의를 하나씩 벗고 나신으로 숲속을 걸어' 갔다는 것 정도다. 그것이 정진규로서는 마침내 '당신은 내 몸에 돋을 것을 정의하는 방식' 이라고 진술한다. 우리가 이 시를 통해 이해할 수 있는 것은 고작 그런 정도다.

그렇다. 우리 시대, 정진규 시인만큼 언어에 대한 멋을 알고 그 언어에 또 한 숟갈의 양념을 칠 줄 아는 시인도 드물다. 언어에 절제와 풍요를, 정중함과 가벼움을, 무게와 경쾌함을 적절히 배합할 줄 아는 시인이 정진규다. 대부분의 시인들이 그렇듯, 시인이란 이 세상에 잘 안 맞는 옷가지와 같다. 이 세상에 늘 지기만 하는 스파링 파트너다. 가다가 방향을 잘못 트는 서투른 운전수다. 시 쓰는 일밖에 할 수 있는 일이라곤 없는, 그 밖엔 달리 출세할 마음이 없는, 돈 버는 일에는 숙맥이고 이 세상에서 제일 하기 쉬운 정치가도 못 하는 사람, 짭짤한 시 한 편 보면 즐겁고 무겁고 지루한 세상 이야기에는 싫증이 나는 사람,

언제나 자신의 몸 열 배의 고민을 지니고 다니는 사람이 시인이다. 정진규 시인도 여기에서 크게 벗어나지 않는다. 적어도 나는 그렇게 생각한다. 그러나 그러한 넌더리 나는 일상에서도 즐거움과 아름다움을 찾고 그것들이 찾아지지 않을 때 스스로 즐거움과 아름다움을 창조해 내는 사람이 또한 시인이다. 다음 시를 보면 그런 사실을 알 수 있다.

수유리라고는 하지만 도봉산이 바로 지척이라고는 하지만 서울 한복판인데 이건 정말 놀라운 일이다 정보가 매우 정확하다 어디서 날아온 것일까 벌떼들, 꿀벌떼들, 우리집 뜨락에 어제 오늘 가득하다 잔치잔치 벌였다 한 그루 활짝 핀, 그래 만개의 산수유, 노오란 꽃숭어리들마다에 노오랗게 취해! 진종일 환하다 나도 하루 종일 집에 있었다 두근거렸다 이건 노동이랄 수만은 없다 꽃이다! 열려 있는 것을 마다할 것이 어디 있겠는가 그런 건 세상 어디에도 없다

—「산수유」 중에서

1985년 가을, 서울 수유리 아카데미하우스에서 한국시인협회 세미나가 열렸다. 김춘수 시인이 회장이었고 정한모 시인, 김남조 시인 등이 원로로 참석했다. 마침 큰 주제가 '해방 사십 년의 한국문학' 이었는데 내가 주제발표자 중의 한 사람이었다. 내 발표 요지는 '문학은 운동(민중) 위에 있다' 는 것이었는데, 서울의 사정을 잘 알았더라면 나는 그런 요지를 직접적으로 말하지 않았을 것이고, 말했다 하더라도 기술적으로 돌려서 말했을 것인데 그런 분위기에 익숙하지 않은 나는 그것을 직설적으로 이야기했다. 주제발표는 세 사람이 했고 세 사람의

주제발표가 끝나고 곧 질의시간이 되었는데 제일 먼저 질문자로 일어선 사람이 고(故) 고정희 시인이었다. 그는 내 요지가 몹시 마음에 안 들었던지 처음부터 목소리에 날을 세워서 힐난했다. 문학이 사치품이냐, 민중문학과 민중운동이 우리 사회의 비뚤어진 부분을 교정하는 데 얼마나 큰 공헌을 했는데 그런 발언을 하느냐는 것이었다. 나는 정면 충돌을 피하면서 '그렇다고 하더라도 문학은 운동 위에 있다' 고 대답했다. 고시인이 발언을 멈추지 않고 다시 일어서자, 김남조 시인이 중재에 나섰다.

"고정희 시인, 이시인이 말한 것에 모순이 있는 것은 아니지 않아요. 생각의 차이일 뿐인데 그 정도에서 그쳤으면 좋겠어요."

이어서 김춘수 시인이 한마디했다.

"시라는 것은 그 사람의 인생입니다. 자기 주장만을 관철하려는 것은 시 밖에서나 할 수 있는 일이지요."

그런 일이 있은 뒤 나는 고정희 시인을 한 번도 만난 일이 없다. 고의로 피한 것은 아니지만 이래저래 그를 만날 일이 없었다. 그런 수삼년 뒤 어느 여름날, 신문에서 고시인이 지리산 등반을 하다가 실족사했다는 기사를 읽었다. 아차, 그예 갔구나, 가고 말았구나. 나는 그래도 애석한 마음이 앞섰다.

그날, 세미나 분위기가 그래서였던가? 총평을 하러 나온 정진규 시인, 이틀 동안 발표된 주제들에 대해 한결같이 좋은 점 혹은 미덕만 이야기했다. 아주 점잖은 말씨로 남의 칭찬만 하는 그의 모습을 보면서 나는 '아차, 내 발표도 저랬어야 했구나' 하고 깨달았지만 그것은 이미 지나간 일이었다. 나는 그때 정진규 시인을 처음 보았고 매우 점잖은 인상을 받았다. 점심을 먹으면서 오세영, 박의상, 이수익 시인들이 나를 격려했다. 대구로 오는 기차 시간이 촉박해서 조금 서두르는 나를 김남조 시인이 자기 차로 함께 가자고 하여 쿠션 좋은 검정 세단차로 나는 서울역까지 올 수 있었다.

정진규 시인의 초기 시의 멋은 이렇다.

1

내 겨울날의 사랑은
마른 수수깡이다
목조의
우리 마구간에서
진종일을 씹히우고 있는
마른 수수깡이다
마른 수수깡의 평화다
또는
자란 턱수염이다
여자의 가여운 살결
파고들어
아퍼, 소리지르는
쾌감의 양육이다

저녁 무렵엔
몇 닢의 은전을

주머니 속에 잘각대며
홀로 된 사내처럼
언덕을 내려간다
우리의 가장 깊은
구렁에 불고 있는 바람
바람을
몇 그루의 나목들이 정의하는
언덕을 내려간다
내 겨울날의 사랑은,

2

얼음 밑으로
밑으로만 내통하는
그의 가장 싱싱한
은어(銀魚)가
살아 있음을
나는 보았다, 기다리기로 하였다
그의 수면 곁에
한 채의 초가집이었다

돌앉아 나는
수염을 기르며, 기르며
아하,

금실의 순금실의
어망을 짜고 있었다
어느 봄날
안개 낀 새벽
이슥고 수면에 떨어지는 투망
그 신선의 소리를 짜고 있었다

―「겨울 양식(樣式)」 중에서

읽기가 쉽지 않다. 무언가 천안 삼거리 능수버들 같은 흥겨움과 멋스러움이 교직되어 있으나 그것이 정작 무엇인지를 말하기가 쉽지 않다. 겨울, 안성이라는 시골의 마을길, 나무토막으로 얽은 마구간, 마른 수수깡, 아무도 황급한 소식 들고 달려오지 않는 조용하고 그윽한 평화, 언덕길, 부는 바람, 면도도 하지 않은 평범한 날의 연속, 약속도 없는 기다림 등이 이 시 전편의 흐름이다. 그것이 시인의 겨울 양식, 하루하루를 넘기는 나날의 생활 패턴이다. 슬픔도 환희도 끼어들지 않은 날들의 연속. 그런데도 멋이 넘친다. 멋을 부리려고 언어를 한껏 내몬다. "내 겨울날의 사랑은/(……)/마른 수수깡의 평화다"의 넘치는 은유 조직은 일상이면서 일상을 뛰어넘는 발랄함과 충동을 갖고 있다. "또는/(……)/여자의 가여운 살결/파고들어/아퍼, 소리지르는/쾌감의 양육이다". 멋이 깃든 에로티시즘이다. 언젠가 '안개 낀 새벽에 던질 어망을 짜며' '수면에 떨어지는 신선한 투망 소리를 짜고 있는' 겨울날의 사랑, 그것은 화안한 봄날에 대한 기다림이자 어떤 밝고 고혹적인 사람에 대한 사랑에도 비견된다.

한때 문예진흥원 후원으로 한국시인협회가 주관하는 근로청소년을 위한 문예강좌를 여러 해 실시한 일이 있었다. 한번은 대구 제일모직 근로청소년 문예강좌에 김춘수 시인과 내가 나간 일이 있고 그 다음해인가 구미공단에 정진규 시인과 내가 함께 나간 일이 있다. 그때, 나는 담배를 물고 기차에서 내리는 정진규 시인을 만나 함께 공단으로 가서 '꿈과 낭만을 가지고 일하는 청소년이 되라'는 내용의 강의를 했다. 강좌를 마친 뒤, 금오산 중턱, 고려 말 충신 야은 길재가 만년에 벼슬을 버리고 은거했다는 바위굴 아래 있는 어느 술집을 대구와 구미 시인들이 함께 몰려가 술을 마시며 정진규 시인의 호주벽과 재담을 가가대소하며 들은 일이 있다. 그뒤로는 한국시협 세미나에서나, 『현대시학』 신인 시상식 등에서 나는 가끔 정시인을 만나는데, 지금은 그가 술을 끊고 담배도 끊어 그와의 시간이 많이 적막해져버렸다. 기껏 만나면 현대시학사 곁에 있는 찻집 '귀천'에 가서 녹차 한잔 하는 정도니 얼마나 무료하고 적막한가? 그러나 정진규 시인은 시의 멋뿐만 아니라 외모와 의상에도 멋을 안다. 정진규 시인의 회색빛 여름 양복이나 겨울의 중절모자는 그것으로 일품이지만 요즘 그가 즐겨 쓰는 캡이나 겨울 양복들도 늘 특수한 문양을 지닌다. 큰 키와 알맞은 몸피 때문일까? 그의 몸에 관한 주제들은 우리 시의 한 담론 형성에 기여한 바 있지만, 아마도 그의 '몸시'는 그가 즐기던 술과 담배를 끊으면서 착상하게 된 것이나 아닐는지?

바알간 초록시금치 밑동
아침 산책 나온

바알간 오리발 맨발

채마밭을 지나

바알간 볼의 소년이
새 운동화를 신고
읍내
학교로 간다

도시락이 따뜻하다

아직은 미워할 수 없는 게
더 많다
아직은
바알간 속살로
기다리고 있는 게 더 많다

—「몸詩 24 — 고향에 가서」 전문

미리 젖어 있는 몸들을 아니? 네가 이슥고 적시기 시작하면 한번 더 젖는 몸들을 아니? 마지막 물기까지 뽑아올려 마중하는 것들 용쓰는 것 아니? 비 내리기 직전 가문 날 나뭇가지들 끝은 물방울들이 맺혀 있다 지리산 고로쇠 나무들이 그걸 제일 잘 안다 미리 젖어 있어야 더 잘 젖을 수 있다 새들도 그걸 몸으로 알고 둥지에 스며들어 날개를 접는다 가

지를 스치지 않는다 그 참에 알을 품는다

봄비 내린다
저도 젖은 제 몸을 한번 더 적신다

—「봄비」 전문

몸에 대한 관찰이다. 몸은 사람의 몸만이 아니라 나무의 몸에까지 의인화된다. 몸이 있어 정신이 깃든다. 인간의 삶이란 몸에서 나오는 것이다. 그러기에 몸이 90년대 말 우리 시단의 중요한 화두가 될 수 있었다. 그것도 정진규 시인의 시에서 촉발된 몸의 화두다.

한때 그가 시잡지를 운영하면서 매우 곤혹스러운 일을 겪고, 몹시 지쳐 있는 듯한 모습을 본 일이 있지만 요즘은 조금 생기를 얻는 것 같아 마음이 놓인다. 그를 경원시하던 후배들도 다시 그에게로 귀환한 듯하다. 어쨌거나 『현대시학』은 우리 시단의 섹트를 초월한 공기(公器)의 노릇을 하고 있다. 그것 역시 정진규 시인의 능력이다. 나는 정 시인의 다음 시행을 좋아한다.

우리가 그간 잘못 살아왔음을
한꺼번에 깨닫듯
차가운 향기의 집 한 채를
새벽이 오기 전에
세상에 보탤 일이다
그리고

요즘의 화법이 아닌
두어 마디 말을 잊지 말 일이다
마른 신을 신고
햇볕 속을 걸어다니는 일이
죄가 되는 세상,
그것은 옳지 않다
이 가을엔
따뜻한 국이 있는
아침상을 받아도 될 일이다

—「깨끗한 물고기」 중에서

정진규(1939~)
경기 안성에서 태어나 고려대 국문과를 졸업했다. 1960년 동아일보 신춘문예로 등단했다. 시집으로 『마른 수수깡의 평화』 『有限의 빗장』 『들판의 비인 집이로다』 『매달려 있음의 세상』 『연필로 쓰기』 『뼈에 대하여』 『몸詩』 『알詩』 등이 있다. 한국시인협회상, 월탄문학상, 현대시학작품상을 수상하였다.

조선의 여인 _ 유안진

노천명 시인을 나는 만난 적이 없다. 그러나 나는 웬일인지 유안진 시인을 생각하면 노천명 시인이 연상된다. 자그마한 키에 오밀조밀한 몸피에, 다소곳한 말소리에 동그스름한 얼굴에, 어디 그뿐인가? 자근자근 걸어오는 말씨에, 절대로(?) 남을 불쾌하게 하지 않으려는 섬세한 마음씨에, 그 위에 봄비처럼 소곤대는 시의 언어들이 그렇다. 노천명의 「이름 없는 여인이 되어」와 유안진의 정지용문학상 수상작인 「세한도 가는 길」은 시로서는 이렇다 할 맥락이 닿지 않지만 나에게 던지는 시 외적인 인상이 너무도 닮았다. 그러기에 나는 유안진 시인의 시를 읽으면서 자꾸만 노천명의 시를 떠올린다. 자유연상이란 틀린 것도 맞는 것도 아니지만 연상하는 사람이 그렇게 연상한다면 고칠 수 없는 일이다.

서리 덮인 기러기 죽지로

그믐밤을 떠돌던 방황도
오십령 고개부터는
추사체로 뻗친 길이다
천명(天命)이 일러주는 세한행 그 길이다
누구의 눈물로도 녹지 않는 얼음장길을
닳고 터진 알발로
뜨겁게 녹여 가시란다
매웁고도 아린 향기 자오록한 꽃진 흘려서
자욱자욱 붉게 붉게 뒤따르게 하라신다

—「세한도 가는 길」 전문

이 시의 천명(天命)은 노천명이 아니라 지천명(知天命)의 천명일 터이니 일찍이 공자가 말한 지천명의 쉰 살을 이름하는 것이고 보면 쉰을 살고 나도 아직 남아 있는 삶의 고역과 그러나 그 남은 삶을 향기로 꽃피우고 싶다는 시인의 갈망을 노래한 것이리라. 아마도 추사의 〈세한도〉를 보거나 연상하면서 쓴 듯한 이 시는 그러기에 유안진 시인의 걸어온 인생이고 걸어갈 여생을 말하는 시로 읽힌다. 시인은 동지섣달 찬 바람 속에서 "누구의 눈물로도 녹지 않는 얼음장길을/닳고 터진 알발로/뜨겁게 녹여 가"라는 말씀을 세한도로부터 듣는 것이다.

어느 조그만 산골로 들어가
나는 이름 없는 여인이 되고 싶소
초가지붕에 박넝쿨 올리고

삼밭엔 오이랑 호박을 놓고
들장미로 울타리를 엮어
마당엔 하늘을 욕심껏 들여놓고
밤이면 실컷 별을 안고

부엉이가 우는 밤도 내사 외롭지 않겠오
기차가 지나가 버리는 마을
놋양푼의 수수엿을 녹여 먹으며
내 좋은 사람과 밤이 늦도록
여우 나는 산골 얘기를 하면
삽살개는 달을 짖고
나는 여왕보다 더 행복하겠오

—노천명, 「이름 없는 여인이 되어」 전문

연상의 동화(同化)란 그것 역시 논리로 풀 수 없는 비의적인 것이지만, "놋양푼의 수수엿을 녹여 먹으며" 밤이면 실컷 별을 보는 삶을 노천명이 희구했다면 유안진 시인은, 세한도의 추운 소나무로부터 "매웁고도 아린 향기 자오록한 꽃진 흘려서/자욱자욱 붉게 붉게 뒤따르게 하라"시는 말씀을 가슴에 새긴다. 앞 시가 소박한 자연에의 순응을 염원한 시라면 뒤 시는 자의식을 강하게 담고 있는 앙다문 여인의 맵찬 마음의 표상이라 할 만하다. 그런데도 내게는 두 시인의 시가 같은 조선의 여인상으로 읽힌다.

버지니아 울프는 매일 아침 두 시간씩 서서 글을 썼고 윌리엄 워즈

워스는 오솔길을 산책하면서 쓰거나 바위 위에 걸터앉아 시를 썼다 하지만 아마 유안진 시인은 매일 아침이나 저녁, 설거지하면서 시를 생각하고 쓰는 것이나 아닌지 모르겠다. 내가 언젠가 유안진 시인에게 물은 말, "유선생님도 집에 가면 빨래를 하고 청소도 하나요?" 했더니 유시인이 정색을 하고 하는 말, "하고말고요. 나 아니면 그걸 누가 하겠어요?"였다. 국립 서울대 교수요 시인이라면 신분상으로는 특수한 계층의 사람이라 하겠는데 유안진 시인은 힘주어 스스로 평범한 여자임을 강조한다. 그런 만큼 유안진 시인은 노천명 시인의 시와 같이 이름 없는 여인이 되어 안동군 임하면에 초가 한 채 짓고 호박넝쿨 올리며 밤이면 별을 실컷 쳐다보고 살고 싶은 시인인지도 모른다. 그런 점에서 또한 유시인은 마음으로는 나의 어머니, 나의 고모, 나의 숙모, 나의 누님들이 살아간 그 길을 걸어왔고 걸어가고 싶어하는지도 모른다. 언젠가 『현대시』가 주관하는 울산 세미나에서 내가 했던 말처럼, 나는 유안진 시인을 보면 자꾸만 나의 작은 누님을 떠올린다. 나이가 그렇고 품성이 그렇고 재바르고 다감한 모습이 그렇다. 유안진 시인의 그러한 인상은 나에게만 있는 것은 아닌 모양이다. 이근배 시인은 제10회 「정지용문학상 수상자 특집」(『시와시학』 1998년 여름호)에서 유안진 시인에 대해 이렇게 쓴다.

유안진 시인은 시를 쓰면서 맺게 된 '나의 누이'이다. 집엣나이로는 두 살 아래이고 문단 나이로는 네 살 아래인 유안진 시인을 이렇게 마음 놓고 '나의 누이'라고 부를 수 있기까지는 삼십 년 넘게 이 나라의 모국어로 시쓰기를 함께 해왔다는 것밖에는 무슨 기막힌 이야기가 없는데도

그것이 하나도 어색하지 않으니 이상하다면 이상한 일이다

또한 시인 스스로가 쓴 '문동(文童)의 자화상' 이라는 글에서 '어렸을 때부터 조부님 방에서 들려오는 한시나 시조 읽는 소리를 들으며 자랐고 증조할머님의 내방가사 읽는 소리를 들으며 자랐다' 고 고백하고 있으니, 신학문을 한 유시인이 소월과 목월을 만나게 되는 것은 자연스러운 일이다.

> 어렵사리 서럽사리 사노라 사랑하노라, 천년을 묵어도 아니 풀릴 원한으로, 꼬리가 아홉 달린 구미호라도 되어, 꽃 피는 서낭고개 타고 앉아 캉캉 울었으면, 서리치는 밤하늘을 피 칠하며 새웠으면
>
> —「구미호」 전문

무슨 설운 사연 쌓이고 쌓여 꼬리 아홉 달린 구미호가 되고 싶으며, 서낭고개 타고 앉아 서리치는 밤하늘을 피 칠하며 새우고 싶은 것일까? 아니면 단순히 흔해빠진 설화 한 토막을 인용해 시로 써본 것일까? 어느 것이든 간에 시의 바닥에는 표독스런 한과 앙탈이 숨어 있는 것은 숨길 수 없다. 그것은 한국의 표본적인 여인상이면서 동시에 유안진 시인이 재창조해내는 조선의 여인상이기 때문에 그렇다.

> 장미여 백합이여, 비둘기여 태양이여
> 그것들을 옛날에 나는 사랑했는데
> 이제는 그것들을 사랑하지 않는다, 지금은 단 한 사람

조그마한 정다운 밝은 한 사람이
가슴에 들어와 사랑이 되었다
장미와 백합과 비둘기와 태양과

—하인리히 하이네, 「서정소곡」 중에서

괴테와 하이네, 헤르만 헤세의 문학이 우리의 근대문학에 끼친 영향은 비길 데 없이 큰 것이지만, 하인리히 하이네는 그의 시와는 달리 매우 독설가였다 한다. 일상적인 언어에서 독설을 뱉는 사람이 시에서는 그토록 아름답고 애틋한 시어들을 골라 쓸 수 있다는 것도 역설적인 아름다움이지만 유안진 시인은 하이네와는 달리 속으로는 앙칼진 것이 있다손 치더라도 그것을 거르고 걸러 유순하고 살가운 언어로 만드는 기량, 기량이기보다는 천품이 있다. 다음 시를 보면 그것을 알 수 있다.

종일 헤매어
지친 애버러지
떨어져 시든 꽃잎 위에 엎드리니
내일 떨어질 꽃잎 하나가
보다 못해
미리 떨어져 이불 덮어주는
저녁답

—「자비로움」 전문

지친 애버러지를 위해 꽃잎 하나가 내려와 이불이 되어주는 일은 범애적 사랑이자 꽃의 말을 알아듣는 귀를 가진 시인의 섬세한 청각이 아니면 불가능한 감성이다.

여성 시인들의 이름은 모두 한 줄의 시행이다. 유안진, 함혜련, 김후란, 허영자, 이향아, 노향림…… 이 시인들은 그 이름 때문에 시를 쓴다고 하면 억지일까? 그 가운데서도 유안진 시인은 박목월의 추천을 받고 『현대문학』을 통해 등단하고 플로리다 대학에서 교육학을 공부하고 수필을 쓰고 소설을 썼으며 쉬지 않고 시를 발표하고 있는 시인 아닌가.

그의 명수필 「지란지교를 꿈꾸며」를 모르는 사람은 아마 없을 것이다.

> 저녁을 먹고 나면 허물없이 찾아가 차 한잔을 마시고 싶다고 말할 수 있는 친구가 있었으면 좋겠다. 입은 옷을 갈아입지 않고, 김치 냄새가 좀 나더라도 흉보지 않을 친구가 우리집 가까이에 살았으면 좋겠다. 비 오는 오후나, 눈 내리는 밤에도 고무신을 끌고 찾아가도 좋을 친구, (……) 흰 눈 속 참대 같은 기상을 지녔으나 들꽃처럼 나약할 수 있고, 아첨 같은 양보는 싫어하지만 밑지며 사는 아량도 가진 친구, (……)
>
> —「지란지교를 꿈꾸며」 중에서

이런 친구를 가지고 싶은 것은 유안진 시인의 꿈이면서 우리 모두의 꿈이기도 하다. 그는 글 속에서만은 영원히 나이 먹지 않는 소녀, 꿈이 가난해 늙으려야 늙을 수 없는 소녀 시인이다.

내 느낌으로는 이 수필 역시 시 「세한도 가는 길」이나 「자화상」에서

멀지 않은 것이지만, 그는 정말 고춧가루가 잇새에 끼어 있어도 허물이 되지 않는 친구를 그리워했을 것이고 그 자신이 친구에게는 그런 사람이 되고자 노력했을 것이다. 2000년 여름, 설악산 백담사 만해시인학교가 파하는 날, 마당 가득 피워올린 캠프파이어, 징이 울리고 북소리가 산을 흔들 때, 학교장 고은 시인의 폐회사에 이은 연악(宴樂)과 군무(群舞), 거기서 참가한 모든 사람이 앞 사람의 등을 밀며 지신(地神)을 밟았다. 나는 조금 겸연쩍어 마루에 앉아 있었는데 유안진 시인이 내 옷소매를 끌어당겨 할 수 없이 군무 속에 휩쓸렸다. 아마도 샌님처럼 앉아 있는 내가 안쓰러웠던 게다. 이튿날 아침, 백담사에서 오세암 오르는 숲길을 여럿이서 걷는데 저쪽에서 오는 한 떼의 여학생들, 숱한 시인들은 본 체 만 체하면서 유독 유안진 시인에게만 우루루 몰려가, 선생니임— 하고 인사한다. 그때, 유안진 시인의 말, "아이 참, 내 이럴 줄 알았지" 였다. 스스로는 그런 인사를 피하고 싶었던 것. 그러나 「지란지교를 꿈꾸며」의 힘이 그런 인사를 물리칠 수 없는 곤경(?)에 빠뜨린 것이다. 유안진 시인은 영원히 사랑받는 '조선의 여인상' 을 지녔다. 그는 이름난 현대시인이고 수필가이면서도, 마음으로는 스스로 이름을 종이 위에 남기지 않고 살아가려는 무명의 조선 여인으로 남고 싶어한다. 적어도 나에게는 그런 시인으로 보인다. 그것은 인간이 태어날 때부터 받은 죄질, 일생을 빌고 빌어도 벗어날 수 없는 천형을 지고 가며 그 벌을 양식으로 하는 수도자의 길인지도 모른다. 그리고 유안진 시인은 스스로 그 죄를 알고 벌을 속죄하며 사는 길을 택한, 증류수같이 맑은 정신의 시인인지도 모른다. 다음 시와도 같이.

천벌받아 마땅한 잘못 하나 저질러
마침표로 떠억 찍고

그 잘못 양식 삼아
남은 날을 살았으면

황톳빛 옷을 입은
라마승이 되어서

—「개꿈」 전문

유안진(1941~)
1941년 경북 안동에서 태어나 서울대 교육학과와 동대학원을 졸업했다. 1965년 『현대문학』에 시 「달」 등이 추천되어 등단했다. 시집으로 『달하』(1970), 『물로 바람으로』(1976), 『날개옷』(1978), 『영원한 느낌표』(1987), 『누이』(1997) 등이 있고 수필집 『우리를 영원케 하는 것은』(1985), 『그리운 말 한마디』(1987) 등과 소설 『바람꽃은 시들지 않는다』(1990), 『땡삐』(1993) 등이 있다. 펜문학상(1996), 정지용문학상(1998)을 수상하였다.

다변 속에 숨은 진실_임영조

임영조 시인의 기억력은 뛰어나다. 박람강기(博覽剛氣)다. 내가 허교하고 지냈던 문단 친구는 임영조 한 사람뿐이다. 박의상, 오탁번, 이가림, 신달자가 모두 나와 동갑이지만 신달자를 제외하면 그들 모두는 나보다 한두 해 혹은 서너 해 먼저 문단에 나갔기 때문에 설령 허교를 한다 해도 나는 마음이 편치 않다. 술이나 거나하면 박형, 하고 불러도 허물이 되지 않는 시인이 박의상 시인이지만 그러나 아직은 조금 무겁다. 무거운 것은 그들 쪽이 아니라 내 쪽이다. 아마도 나의 소심한 성격 탓이리라.

임영조, 그는 과천에 살았다. 내가 오래 전에 아이들 공부방으로 쓰기 위하여 조그만 주공아파트 하날 장만했는데 그 주공아파트로 아들과 내가 이사를 한 여름날, 그 아파트를 찾아오느라 땀을 두 됫박은 흘렸다면서 시뻘겋게 달아오른 얼굴로 들어온 친구 임영조, 손에는 수박 한 덩이와 화장지 한 묶음이 들려 있었다. 땀을 뻘뻘 흘리며 문턱에 들어선 임영조, "이 동(棟)이면 내가 이태 전에 살던 동인데" 하였다.

우리는 그날 과천 산중턱에 있는 보신탕집에 가서 소주를 됫박으로 마셨다. 임영조의 말에 의하면 그 집이 과천에서는 보신탕을 제일 잘하는 집이란다. 많이 마셨고 많은 이야기를 했다. 임영조는 이야기를 시작하면 끝이 없다. 김동리에서부터 서정주, 조연현, 정진규, 감태준, 이숭원, 이승하, 김명인, 송희복의 이야기들이 간단없이 흘러갔다. 임영조 시인은 한번 본 것, 한번 들은 것은 거의 놓치지 않는다. 날짜와 시간, 장소까지 거의 다 정확히 기억한다. 한쪽 귀가 어두운 임영조 시인은 좌중에서 거의 혼자 이야기하는 버릇이 있다. 남의 말이 잘 안 들리기 때문일 것이다. 투박하고 거친 충청도 억양은 밉지는 않으나 듣기에 그리 달콤한 것은 아닌데도 그 이야기들이 지루하지 않다. 그래서 귀를 기울이고 있으면 더욱 신이 나서 이야기를 끌고 간다. 그날도 그랬다. 우리는 조금 비틀거리는 걸음으로 경사진 길을 내려와 한참을 걸어서 집으로 돌아왔다. 과천 길을 잘 모르는 나에게 그는 경마장 가는 길에서부터 과천 정부청사, 4번 지하철 출입구까지 일일이 가르쳐준다. 그러나 본래 길치(痴)인 나는 아무리 들어도 들을 때뿐, 그가 가르쳐준 길을 금방 다 잊고 만다. 헤어질 즈음 한잔만 더 하자고 제의하는 그를 뿌리치지 못해 과천역 지하철 입구, 지하에 있는 생맥줏집엘 들렀다가 기어이 이사 일을 마친 나의 집사람까지 불러내고 말았다. 길을 모르는 집사람이라 아들까지 대동하였으니 우리 식구는 딸을 빼고는 온 집안 출동인 셈이었다.

그전 언젠가, 서초동 현대문학사 부근의 음식점에서 이숭원, 송희복, 이승하, 임영조와 함께 어울렸을 때에도 가장 많은 말을 한 사람이 임영조였다. 송희복의 우격다짐과 능변도 능변이지만 말 힘은 임영조가 더 세다. 그에게는 두 번 들어도 지루하지 않은 이야기 솜씨가 있다. 그리고 두 번 들어도 스토리가 달라지지 않는다. 스토리가 달라지지 않는다는 것은 그가 하는 이야기가 허구가 아니라는 증거다. 포이동의 어느 음식점에서 있었던 서라벌예대 동문회 저녁식사에 함께 가자고 하여 따라갔을 때도 마찬가지다. 김원일, 박양호, 감태준, 세계사 사장 김선호 등 십여 명이 모인 자리였다. 『시안』 신인상 심사를 마치고 오탁번, 김현자 내외가 대접하는 저녁식사를 끝낸 뒤 끝내 나를 보내주지 않고 한잔만 하자고 끌어서 따라갔던 양재동 어느 술집에서도 그랬다. 나는 문단에 지인이 많지 않아 그에게 해줄 만한 이야기가 없다. 그런 만큼 같이 있는 자리에서는 시간이 파할 때까지 주로 나는 임영조의 이야기를 듣는 편이었다. 그래서인지 그는 나만 만나면 이야기 보따리를 펼쳐놓는다. 이야기에 신명이 붙는다. 나는 그런 그의 얼굴만 보아도 즐거워져 가끔 그 이야기에 고개를 끄덕이거나 웃어주면 된다. 그런 시간이 흐르고 흘렀다.

그는 고향인 충남 보령에 자기의 시비가 세워져 있음을 몇 번이고 자랑했다. 소월문학상을 받은 뒤 누군가가 해준 축서와 축화를 그의 작업실 벽에 걸어놓았다. 그는 그 작업실에서 글을 쓰고 차를 마시고 손수 끼니를 해결했다. 나는 하룻밤을 거기서 잔 일이 있다. 송수권도 거기서 자고 간 적이 있다고 했다. 태평양화학 홍보실에서 사보를 만들다가 거기를 그만두고 나오면서 받은 퇴직금의 일부로 마련한 작업실이라 했다. 허름한 벽돌건물 이층 방이었는데 가난과 행복이 깃든 방이었다. 소월문학상을 받은 시 「고도를 위하여」는 그의 대표작이면서 읽는 이의 정신을 번쩍 들게 하는 근엄함이 있다. 영혼의 죽비소리가 들리는 시다.

면벽 100일!
이제 알겠다, 내가 벽임을
들어올 문 없으니
나갈 문도 없는 벽
기대지 마라!
누구나 돌아서면 등이 벽이니

나도 그 섬에 가고 싶다
마음속 집도 절도 버리고
쥐도 새도 모르게 귀양 떠나듯
그 섬에 닿고 싶다

간 사람이 없으니
올 사람도 없는 섬
뜬구름 밀고 가는 바람이
혹시나 제 이름 부를까 싶어
가슴 늘 두근대는 절해고도여!

나도 그 섬에 가고 싶다
가서 동서남북 십 리허에

해골 표지 그려진 금표비 꽂고
한 십 년 나를 씻어 말리고 싶다

옷 벗고 마음 벗고
다시 한 십 년
볕으로 소금을 절이고 나면
나도 사람 냄새 싹 가신 등신(等神)
눈으로 말하고
귀로 웃는 달마가 될까?

그뒤 어느 해일 높은 밤
슬쩍 체위 바꾸듯 그 섬 내쫓고
내가 대신 엎드려 용서를 빌고 나면
나도 세상과 먼 절벽섬 될까?
한평생 모로 서서
웃음 참 묘하게 짓는 마애불 같은

—「고도를 위하여」 전문

임세순(任世淳)이 본명. 1970년 『월간문학』에 「출항」이, 1971년에 중앙일보 신춘문예에 「목수의 노래」가 당선되어 비교적 화려한 등단을 한, 앞날이 탄탄했던 시인. 그래서인지 그는 문단평도 아쉽지 않을 만큼 호평을 받았다. 「목수의 노래」는 잘 쓴 시이자, 당시의 신인들의 상용하는 어휘, 새로운 이미지의 창출, 서늘하고 힘찬 삶의 물굽이가 꿈틀거리는 시이다.

다시 톱질을 한다
언젠가 잘려나간 손마디
그 아픈 순간의 기억을 잊고
나는 다시 톱질을 한다
일상의 고단한 동작에서도
이빨을 번뜩이며, 나의 톱은 정확해
허약한 시대의 급소를 찌르며
당당히 전진하고 살아오는 자

(……)

나누는 눈인사에 눈을 찔리며
바쁘게 드나드는 이 겨울
또 어디에선가
목수들은 자르고 있다
관절 마디마디 서걱이는 겨울을
모색의 손끝에 쥐어지는
가장 신선한 꿈의 골격을
나도 함께 자르고 있다
언젠가 잘려나간 손마디
그 아픈 순간의 기억을 잊고

나는 다시 톱질을 한다

—「목수의 노래」 중에서

누군들 그렇지 않으랴마는, 위 시는 신춘문예의 스타일에 맞추어 쓴 시이고 그런 스타일에 맞추려고 무던히 애쓴 시임이 드러난다. 그러나 지금 읽어도 툭툭 튀는 연상들, 싱싱한 언어들, 클리셰를 버리고 신어를 만들어내려고 고심한 흔적이 여기저기 남아 있는, 습작으로는 뛰어난 시라 할 수 있다. 그는 여러 번, '우리 시단에서 시를 가장 정확히 보고 가장 정확한 평을 할 줄 아는 시인이 이기철이다' 라는 말을 남발(?)했지만, 그의 시는 가끔씩 진폭과 편차를 보인 일은 있어도 그다지 태작(駄作)을 내지는 않았다.

2002년 11월 어느 날, 원구식 시인이 모친상을 당했다기에 한강성심병원으로 문상을 갔다. 모아드림 출판사 손정순 시인의 차를 타고 그와 함께 병원으로 갔을 때는 많은 시인들이 조문객으로 와 있었다. 자리에 앉다보니 임영조, 김명인, 이명수와 함께였다. 상가에 모인 시인들이란 대부분 슬픔보다는 만나는 반가움으로 한 잔씩의 술을 나누기 마련, 그런데 그날은 모두들 술을 사양한다. 내가 한 잔씩만 합시다, 하고 권해도 모두 사양이다. 김명인도 이명수도 임영조도 모두들 어디가 아프다면서 술을 못 먹는단다. 그러면서도 빈소를 나온 이 여럿은 그냥 헤어지지 못하고 함께 택시를 타고 사당동 어느 카페에 갔다. 그런데 이제금 술을 마다하던 일군(一群)이 거기서는 대구에서 온 나 때문인지 술잔을 사양하지 않는다. 몸이 아프다면서도 몇 순배의 술을 마셨고 술이 거나하게 되니 임영조의 예의 장광설이 터져나왔다.

나는 늦은 밤, 사당동에서 과천 가는 길을 몰라 걱정했는데 임영조가 아무 걱정 말란다. 여기서는 총알택시를 잡으면 십 분이면 간단다. 그렇게 헤어진 것이 임영조와 나의 마지막 만남이었다. 몇 달이 지난 뒤, 손정순 시인으로부터 전화가 왔다. 임영조 시인이 많이 아프다는 전갈이었다. 간암이라고 했다. 나는 한 대 얻어맞은 기분이었다. '아, 그때 몸이 아프다고 술을 사양하던 그것이 진짜였구나.' 임영조 시인의 집으로 전화를 했다. 부인이 받았다. 문병을 갈까 한다고 내가 말했다. 그러나 부인의 대답, '한방(韓方)에서 암 치료약을 투약하고 나면 앉아 있지를 못하고 잠만 자는데 그땐 문병을 와도 사람을 식별하지 못한다'는 것이다. 쾌유를 빌면서도 나는 문병을 포기했다. 그런 지, 몇 개월이 지났을까? 신문의 부음.

그의 부음을 들으니 왈칵 눈물이 쏟아졌다. 그래서 시인지 산문인지 모를 한 줄을 썼다. '임영조, 네가 갔는데 나는 왜 여기서 울어야 하나.' 그러나 이 구절은 시가 되질 못했다. 나는 글을 지워버렸다. 그리고 다시 썼다.

그 질그릇 같은 충청도 사투리가 갔다
두루마리 같던 인정이 갔다
과천 주공, 그 공원 길
후박나무 아래서 내 서툰 밤길 배웅하던
크고 투박한 손이 갔다
우리 시대의 문단야사가 갔다
보행하는 인명사전이 갔다

그 산문적인 체취가 햇빛 없어 명부(冥府)인
어둠 속으로 뚜벅뚜벅 걸어갔다
내 아들 과천 이사를 제 일인 양
문정희, 이승하한테 자랑하던,
무엇 하나 거짓말 못 해 손해보던 동갑내기가 갔다
시인의 모자만 걸어놓고 닳은 구두를 끌며 그가 갔다
세기의 바다에 바늘 없는 낚시를 드리우고
먼 하늘만 바라보던
막소주 같은 그가 갔다

—「임영조」 전문

시인 임영조, 그는 지금도 우리가 가보지 않은 어느 길, 어느 골목에서 먼저 간 시인들을 만나 아직 오지 않은 시인들 이야기를 신명나게 하고 있을 것이다. 그리고 그의 이야기를 듣는 선배 시인들도 이승의 후배들 이야기를 귀담아들으며 소주를 마시고 있을 것이다.

임영조(1945~2003)
충남 보령에서 태어나 서라벌예대 문예창작과를 졸업했다. 1970년 『월간문학』 신인상에 「출항」이, 1971년 중앙일보 신춘문예에 「목수의 노래」가 당선되어 등단했다. 시집으로 『바람이 남긴 은어』 『그림자를 지우며』 『갈대는 배후가 없다』 『귀로 웃는 집』 『지도에 없는 섬 하나를 안다』 등이 있다. 서라벌문학상(1991), 현대문학상(1993), 소월시문학상(1994)을 수상했다.

여행, 학문 그리고 시 _ 오세영

1995년 3월 24일(금)

미국 서부 여행, 뉴욕에서 국내 항공으로 일곱 시간 비행 끝에 버클리 공항에 도착한다. 해가 저물었다. 공항 로비에 오세영 시인이 마중 나와 있다. 나는 스토니부룩 뉴욕주립대학 방문교수로 이 한 해를 동부에 와 있고 오세영 시인은 서부 버클리대학 동아시아어과에 한국 현대문학을 강의하는 교환교수로 와 있다. 그가 쓰는 아파트의 방 하나가 비어 있어 우리 내외는 여행 동안 그 방에 머물 예정이다. 오세영 시인의 두 딸이 프렌치파이와 피자를 준비해놓고 있다. 장시간 비행에 피로가 덮쳐 일찍 자리에 들었다.

3월 25일(토)

여행 첫날, 오세영 시인이 모는 차, 포드 토러스로 샌프란시스코, 오클랜드, 리치몬드를 돌아보며 차 안에서 교포 작가 강용흘의 「꽃신」,

이미륵의 「압록강」, 김은국의 「순교자」에 대해 얘기했다. 오세영 시인은 많은 외국 여행 경험을 가지고 있다. 미국 체류도 여러 번인 듯, 그로부터 재미 한국교민들의 고생담을 많이 들었다. 페들러(손수레꾼), 그로서리(청과가게), 슈퍼, 육수간, 모텔업이 교민들의 성공으로 가는 순서라고 그가 말했다. 다 고생길이다. 서부에 정착한 교민들은 인도, 중국, 특히 베트남 교민들과 불화가 극심하다고 한다.

3월 26일(일)

여행 이튿날, 일찍 일어났다. 샌프란시스코를 둘러보다. 샌프란시스코는 아름답다. 차이나타운을 보고 버클리대학을 보았다. 버클리대학에는 한국 학생들이 많아 보였다. 이천여 명의 한국 학생이 여기서 공부한다고 한다. 도서관에 들러 한국문학사전을 펴보았다. 한국 현대문학 책이 많이 부족한 것 같다. 다시 시내 구경, 골든게이트 파크는 일본인들이 미국 땅에 만든 공원이다. 들어서니 온전히 일본 일색이다. 음식도 풍악도 조경도 모두 일본이다. 우리는 언제 미국 땅에 저런 아름다운 한국 풍속을 심나? 골든게이트 브리지, 베이 브리지를 자동차로 돌았다. 북쪽으로 리치몬드, 동쪽으로 버클리, 오클랜드, 콩코드, 남쪽으로 유니언시티, 프리몬트를 끼고 있는 도시, 샌프란시스코는 미항이다. 버클리대학 총장이 중국계라는 말을 듣고 놀랐다.

3월 29일(수)

산타모니카 해변을 보고 애리조나로 출발. 곁에는 오세영 시인의 두 딸과 나의 집사람. 일행은 그랜드캐니언으로 가는 길이다. 캘리포니아

15번 프리웨이를 몇 시간 달렸다. 군데군데 사막이다. 인디안 블리바드의 프리웨이는 총 면적이 일본 땅과 맞먹는다고 오시인이 귀띔한다. 킹맨이란 곳을 지나며 나는 '서부를 보지 않고는 미국을 말하지 말라'는 누군가의 말을 떠올린다. 플레그스테프라는 곳에서 일박, 산타페로 가는 밤 기차의 등불, 기온은 화씨 25도.

3월 30일(목)

길이 천리가 넘는다는 그랜드캐니언을 보다. 일찍이 교과서에서 읽은 글, 천관우의 「그랜드캐니언」을 떠올리다. 인디언 언어가 붙은 바위와 지명에 마음이 끌리다.

4월 1일(토)

나바호족, 호피족 인디언 마을을 보다. 내 느낌으로는 그들의 생활이나 부엌, 문살, 얼굴 모양이 몽골인과 비슷하다. 나는 그들이 우리의 먼 먼 조상의 피를 받은 후예가 아닐까 생각했다. 자이온 국립공원을 보다.

4월 2일(일)

서부를 돌다보면 가끔 길을 놓친다. 그런 때는 비포장 도로 위에서 자동차가 뽀얀 먼지를 뒤덮어쓰거나 갑자기 서부영화에서 보았던 총잡이들이 나와 동방의 여행자들을 위협할 것 같은 무서움을 느낀다. 여행지도에도 없는 길들을 종일 달렸다. 라스베이거스에 도착한 시간은 그곳 시간으로 밤 아홉시경. 폭죽, 음악, 굉음, 벗은 여자, 슬롯머신, 서커스, 웨딩 채플, 듣던 그대로 환락의 도시.

4월 3일(월)

다시 오시인의 자동차로 네바다, 유타를 돌다. 데스벨리, 솔트레이크를 보다. 엘 코르테즈의 멕시코 정복사를 차 안에서 이야기하다.

4월 4일(화)

베이커즈필드에 일박 후 요세미티 국립공원을 보고 샌프란시스코를 거쳐 버클리로 돌아오다.

1995년의 봄은 오세영 시인과의 서부 여행이 백미이다. 그것밖에는 그해 봄날을 기록할 것이 없다. 오시인은 여행을 좋아한다. 그의 여행은 단순한 관광이 아니다. 어디든 그곳의 지리와 역사를 꿰뚫고 싶어한다. 그리고 한번 가본 곳을 죄 기억한다. 아니, 가기 전에 사전 지식과 정보를 충분히 습득한다. 나는 오시인과의 여행에서 내가 모르는 미국의 역사와 지리에 대해 많은 것을 들었다. 나는 미국의 일 년 생활을 메모는 했지만 시로는 세 편밖에 쓰지 못했다. 그 가운데 한 편이 『문학과사회』 1996년 봄호에 발표한 「애인들은 모두 필라델피아로 간다」이다. 나는 그 시를 발표는 했지만 맘에 들지 않아 그뒤, 시집을 내면서는 그 시를 넣지 않았다. 오시인은 그해의 여행을 한 권의 시집으로 남기고 있다. 문학동네에서 나온 『아메리카 시편』이 그것이다.

한국인이 9자를 좋아하듯
그들 역시 9자를 좋아한다
아이리시 커피 라지 사이즈 1불, 햄버거 더블 2불 99전, VT자 3불 99전에 토핑 추가 99전, 36앗 코닥 필름 한 통에 6불 99전, 레블롱 립스틱 네 개들이 한 세트 19불 90전, 리바이스 청바지 한 벌 39불 90전, Henessy 꼬냑, X.O. 1765년 산 한 병 399불, 소니 캠코더 CCD TR 92년형 699불, 동급 한국 삼성 캠코더 299불, 95년형 포드 토러스 6기통 배기량 3000cc 1만5천999불……

—「9자 한 자를 손에 들고」 중에서

오클라호마, 80번 프리웨이, 엠 트랙, 허스트 캐슬, 항구 난트켓, 유레카, 투손 등의 지명이나 고유명사들의 목록으로 이루어진 한 권의 시집, 나와 함께 여행할 땐 오시인은 한 번도 메모를 하지 않았다. 그런데 언제 어떻게 그 많은 지명과 고유명사들을 다 외우고 기억했을까? 시행으로 보면 전혀 허구가 아니다. 사실적이고 사물적이다. 그런 것을 메모도 하지 않고 모두 머리에 저장하려면 여행이 건조해질 텐데…… 4월의 서부 여행이 끝나고 두 달 뒤 6월에는 오시인이 다시 동부로 왔다. 또 한번의 동행이다. 뉴헤이번, 워싱턴, 보스턴, 난트켓, 게티스버그 등을 함께 여행했다. 이타카 여행은 그전에 했지만 이번에는 코넬 대학을 보고 데이비드 멕켄 교수를 만나 그의 집에서 하루를 보냈다.

나는 항상 오세영 시인과 함께 있거나 이야기하는 시간이면 감탄을 연발한다. 그의 광범한 지식과 기억은 타의 추종을 불허한다. 빠른 이야기에 힘있는 억양은 어떤 이견(異見)의 틈입도 허용하지 않는다. 그러나 특별히 경청할 만한 사실에는 그는 아무 말 없이 몇십 분이고 들어주는 아량도 가지고 있다. 그런 일들은 여행에서뿐만 아니라 크고 작은 문학행사나 학회행사에서 나는 자주 보고 느낀 것이다.

나는 시쓰기와 논문쓰기를 병행하기가 어렵다는 사실을 절실히 느낀다. 그런데도 오세영 시인은 그렇게 많은 시를 쓰면서도 언제 그렇게 많은 논문을 쓰는지 모르겠다. 나는 논문 한 편을 쓰려면 시쓰기는 거의 포기해야 하는데 오시인은 시쓰기와 논문 쓰는 것을 병행할 수 있는 힘을 가진 모양이다. 기실 내가 오세영 시인을 만난 것은 예의 1974년 한국시인협회 경주 세미나에서였는데 그때 오시인이 주제발표자 중의 한 사람이었고 제목은 기억나지 않지만 발표에 등장하는 수많은 외국 이론과 외국 학자들의 이름을 줄줄 외듯 말하는 것을 보고 나는 그때부터 그의 기억력에 대해 놀람과 찬탄을 가지게 되었다. 내가 대구시인협회를 맡아 운영할 때도 오시인을 한 번 초청한 적이 있는데 그때의 강연에서도 두 시간 강연을 한 번도 더듬거나 머뭇거리지 않고 마치 외운 원고처럼 이어나가는 말솜씨를 보고 또 한번 놀랐다. 그런데도 강연회가 끝나고 회식 도중, 좌중에서 노래가 나오고 춤이 나왔을 때 오시인은 서슴없이 여성 시인들과 어울려 춤을 추었다. 나중에 안 사실이지만 오시인의 별명이 '오 브루스'이다.

오시인의 초기 시는 사물에 감정의 옷을 입히는 형이상 시의 면모를 보인다.

흙이 되기 위하여
흙으로 빚어진 그릇,
언제인가 접시는
깨진다.

생애의 영광을 잔치하는
순간에
바싹
깨지는 그릇,
인간은 한 번
죽는다.

물로 반죽하고 불에 그슬려서
비로소 살아 있는 흙,
누구나 인간은
한 번쯤 물에 젖고
불에 탄다

하나의 접시가 되리라
깨어져서 완성되는
저 절대의 파멸이 있다면,

흙이 되기 위하여
흙으로 빚어진
모순의 그릇

—「모순의 흙」 전문

물에 반죽되고 불에 구워서 마침내 도자기가 된 그릇과 사람의 생애를 동일시하고 있는 이 시는 '절대의 파멸'이나 '깨어져서 완성되는' 모순의 그릇이며 그것은 바로 사람의 삶에 비유될 수 있다는 것, 더욱이 시인 스스로가 그러한 그릇과 같은 생애와 삶을 살고 싶다는 희원을 담고 있다. 그러니까 이 시는 단순한 사물시로서의 그릇이나 흙이 아니라 무한한 모순의 과정을 거쳐서 비로소 완성되는 인간의 지복한 삶을 은유하고 있는 형이상 시 혹은 우원한 비유를 담고 있는 상징시다.

목청을 높이지 않는 그의 시는 읽는 사람으로 하여금 자칫하면 시의(詩意)를 놓치게 한다. 그러기에 매우 조심스런 시 읽기, 아니면 깊이 있는 시 읽기를 요구한다. 그러나 시 속에 들어가 시의 말에 귀 기울이면 무언가 섬세하면서도 깊은 것을 전해준다. 그러기에 이런 종류의 시의 맛을 보려면 사색과 정감의 두 가지 심성을 고루 활용해야 한다. 다시 말하면 고급한 시 읽기가 요청된다.

어둠 속에서
누가 칼을 가는가,
한밤에서 깨어
성냥을 켜본 자는 안다
곽 속에 갇혀 싸늘하게 쏘아보는
눈빛,
배신은 차가운 불이다.
이글이글 타는 숯불이 아니라

파랗게 빛나는 인광,
누구나 끼리끼리
체온을 부비며 견디는 겨울,
마른 성냥개피는 결코
정에 젖지 않는데
언 몸을 녹이려 —팍,
성냥을 긋는다
그러나 아뿔사,
기름에 번지는 불길
불이야!
함께 있어도 항상
홀로 깨어 있는 성냥은
배신을 노리는 칼이다

—「성냥」 전문

1988년, 제1회 소월시문학상을 수상한 뒤 나온 수상시집에 실린 시다. 다시 책을 들추니까 그때, 그러니까 약 이십 년 전에 이 시집을 읽으면서 시의 여백에 써둔 연필 글씨의 내 메모 몇 줄이 보인다.

오세영의 시에는 사유가 들어 있다. 고통스런 사유의 뼈다. 오세영은 그의 사유의 형식을 독자를 위하여 쉽게 열어주거나 허물어뜨리지 않는다. 그것은 시적 고집, 그의 시의 자존심이다. 그는 큰 제스처, 큰 목소리로 말하지 않는다. 그러면서 그의 시는 노래를 지향한다.

그때 내가 메모해둔 것이 오세영 시인의 시를 제대로 읽은 것인지 혹은 잘못 읽은 것인지는 판단할 수 없으나 지금도 그의 시에 대한 내 생각이 크게 달라지지 않은 걸 보면 그때의 읽음이 크게 잘못된 것은 아닌 것 같다.

하긴 오세영 시인에게도 매우 다감한 시가 없지는 않다.

강가에 가면
깨진 사금파리로 남아 있을까,
잃어버린 젊은 날의 은구슬 하나,
꽃잎 하롱하롱 지던
봄날 저녁
결별의 싸늘한 손등 위에
떨어지던 눈물

—「푸르른 봄날엔」 중에서

「무명연시」 연작은 초기의 그의 서정과 아직 다 떨어내지 못한 청춘의 비애 같은 것이 서려 있지만, 나는 미국 여행중에 들었던 그의 유년의 아픔, 유복자로 태어나 서울대에 입학하기까지의 남모르는 그의 애환과 눈물이 이 연작에 스며 있는 것이 아닌가 하고도 생각해본다. 그러나 그런 사실은 시인이 부정한다고 하더라도 읽는 사람의 느낌이 그렇다면 마다하지 못할 일이다.

오세영 시인은 서양문학의 이론과 그 이해에 많은 힘을 기울였고 한국시문학을 강의하는 교수로서는 서양 이론에 가장 정통한 사람으로 꼽힌다. 그러면서도 그는 서양 학문을 전공한 비평가들과는 거리를 두고 있다. 말하자면, 영문학이나 불문학 혹은 독문학을 한 비평가들을 그는 경원시하고 있다. 왜 그럴까? 그것은 아마도 그가 고집스럽게 동양적인 시의 원천을 찾고 전통적인 시의 형태를 떠나지 않고 있기 때문일 것이다. 서양 이론을 알면 서양문학의 관성을 버릴 힘이 생기는지도 모른다. 그러기에 그는 논문에서는 서양 이론을 원용하면서도 시의 창작에는 동양적인 사유와 방식을 쓰고 있는 것이 아닌가?

그의 매우 파격적이라 할 수 있는 「서울은 불바다」라는 시에서도 그 점은 마찬가지로 읽히는데, 시인은 이 연작에서도 첨단무기로 장착된 미증유의 현대식 전쟁과 파괴의 잔인성을 말하는 것이 아니라 자연의 힘으로 대지를 적시는 풀과 나무와 꽃의 힘을 노래하며 콘크리트로 축조된 도시 서울의 한복판에서, 검은 세레나데 대신 꽃의 축포 소리를 듣는다. 전원(田園)이 아닌 서울에서의 나무와 풀과 꽃이다. 일찍이 1950년대 '후반기' 동인들이 태양이 직각으로 떨어진다고 노래했던 서울, 시인 김경린이 국제열차는 타자기처럼 달린다고 노래한 그 서울에서 그는 꽃 피는 소리를 듣고 나무가 하늘을 푸르게 덮는 서울을 전쟁과 대비시켜 노래한다. 그것도 북한의 수뇌부가 '서울을 불바다'로 만들겠다고 으름장을 놓았던 그 언어 '서울은 불바다'라는 말을 빌려서 노래했으니 그것의 파급 효과는 얼마나 큰 것인가.

녹색 군복의 병정들은 일제히 하늘을 향해
총구를 곧추세운다.
발사!

소총, 기관총, 곡사포, 각종 총신과 포신에
붙는 불,
지상의 나무들은 다투어 꽃들을 쏘아올린다.
개나리, 매화, 진달래, 동백……
그 현란한 꽃들의 전쟁,
적기다!
서울의 영공에 돌연 내습하는 한 무리의 벌떼!
요격하는 미사일

—「서울은 불바다 1」 중에서

서정시에서 출발한 그의 시가 형이상적 깊이를 가지기까지의 역정은 멀고도 힘든 사색의 산물이겠지만, 그의 시가 서정시이면서도 읽기가 쉽지 않고 비유의 진폭이 커 독자를 휘어잡는 데는 어려움이 따른다는 점을 시인한다면 이제 오세영 시인의 시는 그가 살아온 연륜과 학문의 깊이만큼 깊어질 날만 남아 있을 것이다. 그리고 그렇게 되길 나는 기대한다.

오세영(1942~)
전남 영광에서 태어나 서울대 국문과와 동대학원을 졸업했다. 1960년 『현대문학』에 「잠 깨는 추상」 등이 추천되어 등단했다. '현대시' 동인으로 활동했다. 시집 『반란하는 빛』(1970), 『가장 어두운 날 저녁에』(1982), 『무명연시』(1986), 『불타는 물』(1988), 『사랑의 저쪽』(1990) 등이 있다. 한국시인협회상(1983), 녹원문학상(1984), 소월시문학상(1987), 편운문학상(1992), 정지용문학상(1992) 등을 수상했다.

해학의 넓은 길_오탁번 시인

화이트 하우스(White House)를 백악관이라 하지 말고 허연 집이라 부르자, 하얀 집이라고도 하지 말고 '허연 집' 이라 부르자. 오탁번 시인은 2003년 10월, 서울 교육공제회관에서 열린 회갑기념 문집『시적 상상력과 언어』『오탁번 시전집』출판기념회(태학사)에서 축하하러 온 많은 문인들에게 이런 유머로 답사를 했다. 약간의 충청도 사투리와 억양이 섞인 그의 유머는 항상 느긋하고 오래 묵힌 메주 된장같이 깊은 멋이 있어 좌중에서 와그르르 웃음이 무너진다. 오탁번 시인의 익살과 유머는 대체로 이런 수준이다. 느슨한 듯하면서도 꽉 조인 사람, 부드러운 듯하면서도 강직한 사람, 그야말로 외유내강한 사람이 오탁번 시인이다.

내가 그를 만난 것은 문단생활에 비추어보면 매우 늦다. 말하자면 늦게 만난 지인(知人)이자 외경하는 친구다. 기억하건대 내가 오탁번 시인을 만난 것은 오시인이 필생의 사업으로 시작한 시지(詩誌)『시안』이 창간된 1998년 가을이 아닌가 한다. 언젠가 정진규 시인이 나에게 했던 "오탁번은 문인에게 급한 일이 생기면 밤중에라도 뛰어나올 사람"이라는 말을 듣고 그가 매우 남 돕기를 좋아하고 의협심이 강한 사람임을 알았지만 그뒤에도 나에게는 쉽게 그를 만날 기회가 주어지지 않았다. 그러던 것이 『시안』 창간호를 내면서 자연스럽게 그를 만나게 되었다. 그것은 오탁번 시인으로부터의 전화 때문이었다. 시안 창간호에 '이 계절의 시'를 쓰라는 것이었다. 나는 기꺼이 허락했다. 그리하여 우리 시단에 발표된 한 계절의 시에 대한, 조금은 긴 계간평을 쓰고, 이어 『시안』 2호부터 신인상 심사에 참석하면서 그와 자주 만나게 되었다. 내가 2호, 7호, 9호에서 신인으로 등단시킨 시인은 김영탁, 오창렬, 유수연, 박숙이, 정주연, 이창수, 강유환, 박경희, 이자규 등인데, 이 심사는 대체로 오탁번, 정진규, 이성부, 정양, 임영조 등과 함께한 심사들이었다. 그리고 이들 젊은 시인들에게 시인의 길을 열어주게 된 것을 나는 기쁘게 생각한다.

오탁번 시인은 1967년 중앙일보 신춘문예에 시 「순은이 빛나는 이 아침에」로 등단했지만 그 한 해 전, 1966년 동아일보 신춘문예에 동화 「철이와 아버지」가 당선되기도 했고 1969년 대한일보 신춘문예에 소설 「처형의 땅」이 당선되기도 했다. 그러니까 오탁번 시인은 시와 소설, 동화까지를 함께하는 장르 초월적인 역량을 가진 사람임을 이같은 신춘문예 당선 작품들이 여실히 증명한 셈이다.

원주고교 2학년 겨울, 라라를 처음 만났다. 눈 덮인 치악산을 한참 바라다보았다.

7년이 지난 2월 달 아침, 나의 천정(天井)에서 겨울바람이 달려가고 대한극장 2층 나열, 14에서 라라를 다시 만났다.

다음날, 서울역에 나가 나의 내부를 달려가는 겨울바람을 전송하고 돌아와 고려가요어석연구를 읽었다.

형언할 수 없는 꿈을 꾸게 만드는 바람 소리에서 깨어난 아침, 차녀를 낳았다는 누님의 해산 소식을 들었다.

라라, 그 보잘것없는 계집이 돌리는 겨울 풍차 소리에 나의 아침은 무너져내렸다. 라라여, 본능의 바람이여, 아름다움이여.

—「라라에 관하여」 전문

이 시를 읽는 사람이면 누구든지 시 속에 등장하는 라라가 누구일까를 한 번쯤 생각하게 된다. 라라는 고교 시절 만났던 손위의 여학생, 시인이 사춘기를 지나면서 라라라고 부르는 그 여자가 차녀(次女)를 낳았다는 소문을 듣고 아침이 무너져내림을 느낄 만큼 시인의 마음에 깊이 각인된 여자다. 그리고 시인은 그러한 순정이 가득 배어 있는 이야기를 슬픈 듯 슬프지 않게, 그의 특유한 유머 감각으로 풀어내고 있다. 누구라도 소년 시절을 지나오면서 가졌음직한 이야기지만 그러나 누구도 순정이 배어 있는 이런 이야기를 정감으로 풀어낸 적이 없는 이야기, 그러면서도 원주고교, 치악산, 대한극장, 2층 나열, 서울역이라는 구체적인 지명이나 사물을 등장시켜 그 사실이 전혀 허구가 아님을 시인은 서술한다.

내가 백운초등학교 3학년이었을 때
충주사범을 갓 졸업한 권영희 선생님이
나의 담임교사로 부임해왔다
내 생애의 한복판에 민들레꽃으로 피어서
배고픈 열한 살의 나를 숨막히게 했다
멀리 솟은 천등산 아래 잠든 마을에
풍금을 잘 치는 예쁜 여교사가 왔다
어느 날 하교길에 개울의 돌다리를 건너며
들국화 한 송이 가리키듯 나를 손짓했다
　탁번아 너 내 동생 되지 않을래?
　전쟁 때 부모가 다 돌아가시고
　오빠도 군대에 가서 나는 너무 외롭단다
　(……)
영희 누나가 있으면 배고프지 않았다
울지도 않고 숙제도 잘했다

—「영희 누나」 중에서

그런데 이 시에 등장하는 영희 누나는 또 누군가? 오탁번 시인은 그 영희 누나를 이날, 자신의 책 출간기념식장에서 다중(多衆) 앞에 소개했다. 아마도 지금은 영희 누나를 자주 만나는 사이는 아닌 것 같았지만, 수소문하여 연락을 취하였겠고 영희 누나는 특별한 초청을 받아 그 자리까지 불려온 것으로 보였다. 지금은 육순도 넘은 그 누나를 다중 앞에 소개할 수 있는 오시인, 그는 남다른 배포를 지녔든지 아니면 이기지 못할 추억이 그에게 그런 용기를 주었든지, 둘 중의 하나이리라. 다른 사람의 경우, 그런 일은 얼마나 부끄럽고 어색한 장면이 될 것인가? 하지만 오탁번 시인은 그러한 부끄러움과 어색함을 그의 특유한 유머와 재치로 씻어내고 그 자리에 흥취와 호기심의 이색적인 풍정을 연출해 보였다. 거기다 한술 더 떠 위의 시까지 소개하면서. 그런 일은 오탁번이 아니면 할 수 없는, 오탁번만이 연출할 수 있는 진풍경의 하나이다.

그의 고향이 제천이면서, 원주고등학교를 다녔다는 것은 위의 시를 통해 비로소 안 것이지만 그래서인지 나는 그를 보면 늘 배고프고 추운 소년 시절을 떠올린다. 그의 시 구절대로 '젖배 곯아' 제대로 성장하지 못한, 피부가 까칠해진 소년들의 모습은 바로 그나 나나, 우리가 자란 해방 전후의 토박이 한국아이의 모습 아닌가. 혹 모르지만 그래서 우리는 문학을 택했고 그래서 시를 쓰는 것일지도 모른다는 생각, 그것은 오탁번 시인의 일이기보다 나의 소년 시절의 이야기에 다름아닌 것. 기실 우리는 1950년 한국전쟁을 맞아 교실 없는 학교, 칠판 없는 운동장에 나뭇가지를 꺾어 가나다라를 배우고 구구단을 외우며 학습했던 시대의 소년들, 짚을 엮어 축구공을 만들어 차고 돼지 오줌통으로 풍선을 날려보냈던 어린 시절의 기억을 가지고 있는 세대. 몽당연필을 나누어 쓰고 도시락을 나누어 먹던 이야기가 아련한 추억으로 남은 사람들.

오탁번 시인과 나는 『시안』 신인상 심사를 위해 전주에 가서 평론가 전정구와 함께 전주의 어느 이름난 토속 음식점에 가서 마흔 가지 반찬이 오르는 밥상을 받고, 전주의 시인들과 어울려 새벽까지 술을 마신 적이 있고, 백두산 탐방을 하며 삼박 사일 동안 북경을 거쳐 길림으로 장백으로 여행한 적도 있다. 오탁번은 언젠가 나와 통화를 하는 도중, "이교수, 정말 나와 동갑이야?" 하고 물은 적도 있지만, 그와 나는 동갑임을 확인할 필요도 없이, 함께하는 행사나 여행에서 가끔 부르는 애창곡이 바로 동시대인임을 증명해준다. 내가 들은 오시인의 애창곡은 〈비 내리는 고모령〉이나 〈천등산 박달재〉인데 그 노래들은 바로 나의 애창곡이기도 하니 말이다.

오탁번 시인은 아마도 정지용의 시에 심취한 습작기를 가졌던 것 같고, 그의 시심에 지용의 영향이 깊이 뿌리내린 것으로 보인다.

> 지용을 꿈꾼 저녁마다 창 밖에서 바람 소리가 들렸다. 아침이면 알지 못할 방문객이 초인종을 누르며 나를 찾아왔는데 그의 모습도 그가 투표권이 있는지도 나는 모른다. 그는 자꾸 종을 누르며 나는 점점 그를 알지 못하며, 지용을 꿈꾼 저녁마다 창 밖에서 바람 소리가 들렸다. 난초 잎에 적은 바람이 오다. 난초 잎은 춥다.
>
> —「지용에게」 전문

위 시 끝부분 "난초 잎에 적은 바람이 오다" "난초 잎은 춥다"는, 정지용의 "난초 잎에/적은 바람이 오다" "난초 잎은/칩다"(「난초」)의 끝부분을 그대로 옮긴 것이다. 이 옮김을 누가 표절이라 할 것인가?

그것은 바로 오탁번 시인의 정지용에의 편향, 징지용의 시에의 애착이 아닌가?

1

하늘과 땅 사이가 너무 가까워 장백소나무 종비나무 자작나무 우거진 원시림 헤치고 백두산 천지에 오르는 순례의 한나절에 내 발길을 내디딜 자리는 아예 없다 사스레나무 바람에 넘어져 흰 살결이 시리고 자잘한 산꽃들이 하늘 가까이 기어가다 가까스로 뿌리내린다 속손톱만한 하양 물매화 나비날개인 듯 바람결에 날아가는 노랑 애기금매화 새색시의 연지빛 곤지처럼 수줍게 피어 있는 두메자운이 나의 눈망울 따라 야린 볼 붉히며 눈썹 날린다 무리를 지어 고사리 손길 흔드는 산미나리아제비 구름국화 산매발톱도 이제 더 가까이 갈 수 없는 백두산 산마루를 나홀로 이마에 받들면서 드센 바람 속으로 죄지은 듯 숨죽이며 발걸음 옮긴다

3

하늘과 땅 사이는 애초부터 없었다는 듯 천지가 그대로 하늘이 되고 구름결이 되어 백두산 산허리마다 까마득하게 푸른 하늘 구름바다 거느린다 화산암 돌가루가 하늘 아래로 자꾸만 부스져내리는 백두산 천지의 낭떠러지 위에서 나도 자잘한 꽃잎이 되어 아스라한 하늘 속으로 흩어져 날아간다 (……) 젖배 곯아 젖니도 제때 나지 못할 내 운명이 새삼 두려워 백두산 흰 멧부리 우러르며 얼음빛 푸른 천지 앞에 숨결도 잊은 채 무릎 꿇는다

—「백두산 천지」 중에서

정지용의 「장수산」 1, 2나 「백록담」의 리듬을 띠고 있는 이 시는 형태상으로는 정지용의 「백록담」을 방불케 한다. 어휘나 이미지들도 그것을 느끼게 한다.

1

절정에 가까울수록 뻐꾹채 꽃 키가 점점 소모된다. 한 마루 오르면 허리가 슬어지고 다시 한 마루 우에서 모가지가 없고 나중에는 얼굴만 갸웃 내다본다. 화문(花紋)처럼 판 박힌다. 바람이 차기가 함경도 끝과 맞서는 데서 뻐꾹채 키는 아주 없어지고 팔월 한 철엔 흩어진 성신처럼 난만하다. 산그림자 어둑어둑하면 그러지 않아도 뻐꾹채 꽃밭에서 별들이 켜든다. 제자리에서 별들이 옮긴다. 나는 여기서 기진했다.

2

암고란 환약같이 어여쁜 열매로 목을 축이고 살아 일어섰다

3

백화 옆에서 백루가 촉루가 되기까지 산다. 내가 죽어 백루처럼 흴 것이 숭없지 않다

—「백록담」 중에서

그런 연고로, 오탁번 시인은 1997년 제9회 정지용문학상을 받는다.

시인은 말한다.

소설을 피해서 도망 다니면서 나는 버리지 못하는 버릇처럼 받아볼 사람 없는 연서를 쓰듯 시를 썼다. 이상하게도 시가 자꾸 씌어졌다. 소설이 무서워서 도망 다니다가 시가 생각날 때면 나는 그렇게 평화로울 수가 없었다.

—「내 문학의 숨결」(『시적 상상력과 언어』) 중에서

눈을 밟으면 귀기 맑게 트인다
나뭇가지마다 순은의 손끝으로 빛나는
눈 내린 숲길에 멈추어 선
겨울 아침의 행인들
(……)
행인들의 순수는 눈 내린 숲속으로 빨려가고
숲의 순수는 행인에게로 오는
이전의 순간
다 잊어버릴 때, 다만 기다려질 때,
아득한 세계가 운반되는
은빛 새들의 무수한 비상 가운데
겨울 아침으로 밝아가는 불새를 본다

—「순은이 빛나는 이 아침에」 중에서

그야말로 순은(純銀)이 빛나는 것 같은 시다. 눈 온 날 아침일까? 아니면 해가 쨍쨍하게 떠오르는 아침일까? 아니면 어떤 기쁜 소식을 들은 날 아침일까? 어쨌든 이토록 맑고 환한 마음의 표백이 녹아 있는 시를 읽을 때는 읽는 사람의 마음조차 깨끗해진다. 소설의 잡스러운 세상사 들추기를 버리고, 발자크처럼 『인간희극』을 쓰기 위해서 한 달 동안이나 거지들과 함께 다리 아래서 잠자야 하는 고행을 버리고, 아름다운 귀를 열고 만상의 소리를 듣고 아름다운 눈을 뜨고 세상을 바라볼 수 있는 길을 택한 시인 오탁번. 오탁번은 그만큼 밝고 깨끗한 시인, 밝고 깨끗한 삶을 지향하는 시인이다. 그가 머지않아 돌아갈 천등산 아래, 폐교를 개축해 쓰는 원서헌(遠西軒)도 그의 그런 삶의 지향이고 이상향일 것이다.

오탁번(1943~)
충북 제천에서 태어나 고려대 영문과와 동대학원 국문과를 졸업했다. 1966년 동아일보 신춘문예에 동화가, 1967년에는 중앙일보 신춘문예에 시 「순은(純銀)이 빛나는 이 아침에」가, 1969년에는 대한일보 신춘문예에 소설 「처형(處刑)의 땅」이 당선되었다. 시집으로 『아침의 예언』(1973), 『너무 많은 가운데 하나』(1985), 『생각나지 않는 꿈』(1991), 『겨울강』(1994), 『1미터의 사랑』(1999) 등이 있다. 한국문학작가상(1987), 동서문학상(1994), 정지용문학상(1997) 등을 수상하였다.

문학동네 산문집
시인의 풍경 쓸쓸한 곳에는 시인이 있다
ⓒ 이기철 2005
초판인쇄 | 2005년 8월 16일
초판발행 | 2005년 8월 22일

지 은 이 | 이기철
펴 낸 이 | 강병선
책임편집 | 조연주 김송은 김반희
펴 낸 곳 | (주)문학동네
출판등록 | 1993년 10월 22일 제406-2003-000045호

주 소 | 413-756 경기도 파주시 교하읍 문발리 파주출판도시 513-8
전자우편 | editor@munhak.com
전화번호 | 031) 955-8888
팩 스 | 031) 955-8855

ISBN 89-546-0034-4 03810
* 이 책의 판권은 지은이와 문학동네에 있습니다.
이 책 내용의 전부 또는 일부를 재사용하려면 반드시 양측의 서면 동의를 받아야 합니다.
* 이 도서의 국립중앙도서관 출판시도서목록(CIP)은 e-CIP 홈페이지(http://www.nl.go.kr/cip.php)에서
이용하실 수 있습니다.(CIP제어번호: CIP2005001577)

www.munhak.com